千祥炳 全集 ・詩

천상병 전집・시

千祥炳 全集 ·詩

천상병 전집·시

평민사

千祥炳 全集・詩

초판1쇄 발행 · 1996년 4월 28일/ 개정판1쇄 발행 · 2018년 12월 26일/ 개정판2쇄 발행 · 2022년 1월 10일/ 지은이 · 천상병/ 펴낸이 · 이정옥/ 펴낸곳 · 평민사/ 주소 · 서울시 은평구 수색동 317-9 동일빌딩 202/ 전화 · 375-8571(代) 375-8573(FAX)/ 등록 · 제251-2015-000102호 ※잘못 만들어진 책은 바꾸어드립니다.

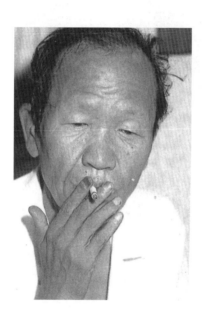

(옆) 일본에서 중학 1학
년 때(뒤 오른쪽이 필자)

(아래) 1965년 가족사진
(앞쪽 왼쪽부터 큰조카,
어머니, 큰누이동생, 필
자, 뒷줄 왼쪽에서부터
형수님, 둘째 누이동생,
형님, 큰매제)

서울대 상대 재학시절. 한무숙 선생 댁 마루에서

1972년 결혼사진

(위) 카페 〈귀천〉에서 부인
목순옥 여사와 함께

(옆) 〈귀천〉에서
(아래) 1990년 1월 29일
회갑기념

1993년 4월 28일 별세(산소 전경)

제 1 부 | 1949년~1971년

제 2 부 | 1972년~1979년

제 3 부 | 1980년~1989년

제 4 부 | 1990년~1993년

부록

평화만 쪼으다 날아가 버린 파랑새

천승세 | 소설가

천상병이 사람들의 세상에 온 후 예순세 해를 버르적거리다가 홀연 그 정한(情恨)의 땅을 버린 지도 이러구러 3년 세월을 꼭 채운 것 같다. 1천9백93년 4월 28일 — 의정부 시립병원 영안실 밖으론 달디단 봄비가 후질후질 내렸었고, 나는 그 감우(甘雨) 젖는 땅을 맨발로 걸으며, 죽은 천상병 곁에 줄곧 사흘 동안을 눅쳐져 있었으니까 말이다.

천상병의 글들이 한데 모여 그의 '전집'으로 묶인다니, 역시 혼돈의 난세를 아등바등 살고자 구절죽장(九節竹杖) 이리 짚고 저리 짚으며 헤매이는 나보다, 그 어지럽고 던적스러운 세상의 미련을 훌훌 털어버리고 먼저 떠나가 버린 사람의 생애가 훨씬 편켔다는 생각이 든다. 따라서 천상병이 부럽다. 왜 이런 생각이 드는가 하면, 천상병이 살

앉었던 그 세월과 그가 떠난 뒤의 세월 — 그 경각의 세상 이치는 너무나 유별나게 뒤바뀌었기 때문이다. 그 적만 해도 우리들은 아름다움을 가꾸기 위해, 모듬살이의 화평함을 위해 서로 만났지만, 오늘날은 상정(常情)의 끈도 필요에 따라, 편의함에 따라, 끊고 매듭짓는 '이별'과 '불화'를 위해 만나고 있다는 삭연한 생각이 앞 장을 치는 탓이다. 써먹을 만큼은 써먹은 선배의 '무용(無用)' 앞에서 자랑스러운 후배는 뒤돌아 서고, 이젠 함께 어깨짜 봐야 별 실득이 없을 후배의 단충(丹忠)도 뒤로 하고 오로지 제 명망(名望)에만 눈이 먼 선배가 당차게 등돌아 서는 세상 아닌가.

참말로 아름다웠었다. 천상병과 함께 살았었던 그 세월 —. 나는 그의 전집에다 '서문'을 얹는 위상보다, 그와 함께 살았었던 세월의 동무로서, 그의 참모습을 기리는 몫을 하고자 한다.

이 글만이 아니더라도 나는 천상병에 관한 글을 다문다문 써 왔다. 그 적마다 천상병이 흔해빠진 '시대적 기인'은 결코 아니었다는 쪽으로 글의 핵심을 삼아 왔었다. 이 글 역시 마찬가지이다. 그가 흔해 빠진 '시대적 기인'이 아니었음을 명징하게 밝히자면 한 권의 책만큼한 분량이 필요하겠으나, 이번엔 천상병의 순수한 본연성(本然性)을 실증할 만한 몇 가닥의 추억만 보기로 들어 그를 구원(?)하고자 한다. 내 말이 틀린 것인지 옳은 것인지는 독자들이 재량껏 식별할 일이다.

1965년도 삼복염천의 계절이었다. 그 적의 천상병은 '구로동'에 있는 어느 하숙방에서 세월을 보내고 있었다. 그런데 그 불솥더위가 자글자글 끓는 어느날이었다. 천상병이 '우이동' 버스 종점 근처의 내 사글세 셋방을 헐레벌떡 찾아들었다. "이런 문디이 자슥!……

이런 조화도 있단 말이야?……제기랄, 제기라알!" 연신 되뇌이는 천상병의 메기 입술 양 끝으로 허연 버케가 하글하글 끓어 댔다. 웬 난리인가 물었더니 두 말 자르고 '동아일보' 신문지 쪽을 들이 밀었다. 뜻밖에도 '월남전 파병'에 끈을 댄 그의 글이 실려 있었다. 단숨에 읽어 내렸었다. 지금의 기억으로는 확실치 않지만 대강 생각을 더듬건대, "……대한민국도 불쌍한 나라이다……그런데 불쌍한 식구들이 억박적박 어르는 남의 집 싸움에 아무 상관 없는 대한민국의 사람들이 껴들었다……나는 남의 집 싸움에 군대를 파병하는 불쌍한 나라의 지식인이다……싸움의 경우를 알 만큼은 알고 있는 사람으로서 월남국민들에게 한없는 용서를 빈다", 하는 뜻을 담은 글이었다. "잘 썼는데 뭐얼?" 하고 내가 물었다. 숨 한 가닥 내쉴 짬도 없이 천상병의 불호령이 떨어졌다. "뭣이라꼬? 이 문디이 자슥!……이 말들은 내가 썼던 말들이 아니라꼬!……제기랄, 제기라알!" ―그날의 사단을 간추려 얽동이면 이렇다. 그 적 '동아일보' 문화부 기자로 최 모가 있었다. 그가 천상병에게 글을 청탁했다. '월남파병'에 대하여 시인으로서의 느낌을 쓰라는 원고청탁이었던 것이다. 천상병은 느낌의 진실을 거짓없이 썼는데, 그 최 모 기자가 잘못하면 천상병이 크게 다칠세라, 언턱거리가 될 만한 말들을 이른바 순한 말로 수정해서 발표했던 것이었다. 그 짓도 진지한 우정의 발로 아닌가. '월남파병'은 곧 국익이요 그 난리만 용케 견디면 대한민국은 그때부터 잘사는 나라가 된다 ― 하는 믿음의 충만으로 세상이 달떠 있었을 때였으니까 말이다. 그러니 입방아 함부로 찧어 댔다간 귀신도 모르게 죽을지도 모를 일, 그런 글을 흔쾌히 도맡아 쓸 선비(?)들이 과연 몇이나 있었을까. 천상병은 그 사막스러운 세월을 살면서도 겁도 없이 그런 글을 긁적거렸고, 그 글의 진실이제 진정이 아닌 다른 말로 고쳐져야 했던 세월을 분노하며 살았었다. 천상병은 무척 겁이 많았고, 그 겁 앞에서 벌벌 떨며 세상을 살았었다고들 산 사람들은 말한다. 정말 그런가. 천상병은 겁장이였었기에 목숨도 아랑곳않고 그런 글을 썼었던가.

1970년대 중반쯤이었을 것이다. 어느날 천상병이 내 앞에서 두 손바닥을 펴 보이며 의미심장한 물음을 던졌었다. "승세, 너 바른대로 대답해야 돼! 내 이 두 손이 그렇게 더럽니?" 무슨 풍단지수작이람 하며 "왜? 깨끗하기만 하다!" 하고 엉너리쳤었다. "믿겠으! 내 친구 천승세의 말을 믿겠으!……그런데 이런 제기랄, 문디이 ○○○란 자슥! 이 더러운 자슥에게 어떤 아름다움으로 복수해야 한단 말가! 내 차암, 제기랄!" 천상병의 표정이 너무 참담해서 왜 그런가 하고 까닭을 물었었다. "이게 뭐야! 밑도 끝도 없이 행인 천상병에께라꼬 썼는데 이 말의 뜻이 뭐시지?……이런 벨아묵을 자슥!" 천상병이 내미는 한 권의 책, 요즘 말로 '한참 붕붕 뜨는' 어느 시인의 시집이었다. 표지 안의 겉장(왜놈말로 도비라라 일컫는 쪽의 앞 장)을 펴 봤다. 거기에 써 있었다. '行人 千祥炳에게' 라고. 천상병은 이 '행인'이란 별호(?)를 놓고 씨근벌근 화뿔을 돋치고 있는 것이었다. "같은 길을 함께 가는 친구란 뜻 아니겠나?" 내가 무심코 대답하자 천상병의 노기는 한술 더 떴다. "요런 문디이 자슥! 내도 그렇게 생각했었다꼬. 그런데 그런 뜻이 전혀 아니지 뭐야, 이 문둥아. 신동문이 그러는데 바로 '거지'란 뜻이란 기다. ……마누라 덕에 사는 자가 내보고만 거지라꼬? 요런 악마가 어디 있으? 내는 그런지도 모르고 돈에다 책에다 횡재 만났다꼬 오히려 그 악마를 존경했지 뭐야, 요런 제기랄!" 그렇기도 하겠다는 생각이 들었다. 이른바 선비간의 관행이라면 '천상병 詞伯'이란 통속구(?)나 '시인 천상병에게' 하는 어연번듯한 말도 있었거늘

구태여 '행인'이란 충격적 별호를 앞세울 필요는 무엇인가, 하는 불만이 익었기 때문이었다. 결국엔 '그 자의 위풍재는 거들럭거림으로 미루어 신동문의 해석에 걸맞는 뜻으로 쓰고도 남았겠다.' 하는 추리에 가 닿았다. 그래서 거두절미하고 선언해 버렸었다. "아무한테나 손을 벌리니깐 그렇지! 그래서 못도 맘놓고 칠 나무 봐서 장도리질 하라는 말이 있잖나. 몰강스러운 나무는 못도 안 받는 법이야." 천상병은 끊임없이 자신을 반성하고 사는 사람이다. 하루 스물네 시간 동안 무엇을 잘했으며 어떤 때 잘못했었던가를 막걸리 한 사발 넘기는 짬에도 곰곰히 생각해 보는 사람이다. 그만큼 머리가 좋은 시인이다. 내 말끝에 순정적(?)으로 다짐해 버렸었다. "네 말이 틀린 말이 아니라꼬!……앞으로는 악마의 심장에다 대고 막걸리 한 사발 값만 도고 하는 구걸은 결코 않겠어! 이건 절대주 앞에서 목숨을 걸고 하는 맹세야!" 했었다. 잘은 모르겠지만, 대강 짚어 보건대 천상병은 그 뒤로 아무에게나 손을 벌리는 짓거리는 졸업(?)했다. 욕지거리를 먹을갑세, 그 돈을 받아 결코 부끄럽지 않은 '봉'만 골라 수금(?)을 했었다. 쉽게 말해서 '사람같은 녀석'의 주머니만 골라 풍년거지 노릇을 했었다는 말이다. 천상병의 구걸은 한마디로 운명적이였었다고 산 사람들은 쓰고 또 읊는다. 정말 그런가. 천상병은 천상 걸인 기질로만 생애를 무난히(?) 채웠었을까. 손만 내밀면 그 언제고 '돈'과 '경멸'을 한꺼번에 '주물럭 등심'으로 내놓을 수 있는, 그 기민한 시인을 끝까지 증오하면서까지.

1981년 추석을 몇 날 앞둔 날이었다. 나는 그때 강서구 '신정시민 아파트'의 13평 사글셋방에서 가난의 절망고를 가슴 아리게 체험하며 살고 있었다. 가난한 삶 틈에서도 그날만은 허기진 뱃속을 통째 뒤흔들 만한 음식냄새가 셋방을 가득 채웠었던가 싶다. 까닭이 있었다. 나는 내 운명과는 전혀 무관한 어느 '무주고혼(無主孤魂)'을 위해 제사를 모셨었는데, 그 원혼의 차례상 채비를 하노라, 지지고 볶고 끓이고 굽고, 꽤나 혈성주분(血誠走奔)했던 것이다. 천상병이 그날을 잊을 리 없었다. "차례 지낼 테니 음식과 술이 준비돼 있겠지? 정각 6시에 신정동 종점에 가 닿을 테니 마중나와야 해, 요 문둥아 — 갈 갈 가알."하는 전화를 앞소식 삼고 쳐들어왔다. 물론 양초 한 자루 사 들지 않은 채 탐식성(?)의 '메기 주둥이'만 담보삼고 —. 차례상도 차리기 전에 주거니 받거니 '정주환배'가 어디 법도에 있을까만, "밥 안 됐으?…… 이런 제길할 술 없으?" 다그치는 천상병의 앙탈에 유구한 '조선법도'도 물타작마당의 뒷박질로 그냥 넘어가 버렸다. 나와 천상병은 취할 대로 골막하니 취해 버렸다. 한숨 깜박 시들었을까. 천상병의 남방산 갑각류 절규 뿐의 괴성에 나는 불현듯 깨어났다. "승세! 내 고민이 있어!……제기랄! 천벌을 받을 것 같다! ……정신차리고 내 말을 들어 봐, 이 문둥아!" 하는 엄절한 훈도(?)의 속사정은 다음과 같은 것이었다. 아내 목순옥이 하는 '청계천 골동품' 장사가 너무 잘 돼서 걱정이다, 별것도 아닌 골동품이 꽤 큰 값으로 팔린다, 이렇게 아내의 사업이 잘 되면 나는 본의아니게 부자가 될 조짐이 있다, 하루 용돈을 한 열배로 올려 받아야 옳은가 아니면 현상태에서 그냥 눈감아 줘야 옳은가, 그리고 풀지 못할 숙제가 하나 있다. 도대체 이 세상의 더러운 년놈들은 그 따위 물건들을 뭣 한다고 높은 값에 사들여 재산으로 삼는 것이냐, 그냥 선조들의 전통적 실증으로써 박물관에 진열하면 안 되나?, 제기랄 — 이런 엉터리 세상이 어떤 명분으로 가능하단 말이냐 — 하는 따위의 불만이었다. 나는 사뭇 얼뚱아기 잠투새 같은 천상병의 고뇌(?)에 대해 조목조목 설명해 갔다. 네가 생각하는 것은 너무나 독선적인 망상이다, 네가 보기에 아내의 장사가 현상적으로 폭리를 취하는 것처럼 보일 것이나 그것은 몰라도 한참 뭘 모르는 말이다, 네 아내 목순옥은 오로지 서방 잘못 만난 죄로 경토 방방곡곡 싸댕기며 골동품을 모아대는 것이요, 그리고 그 골동품들은 네가 생각하는 대로 '별 것도 아닌 그 따위 물건' 들이 아니라 그만한 값을 치러야 가질 수 있는 충분한 역사적 가치를 지닌 것들이다, 착한 마누라 덕에 꼴값 재며 사는 줄 알아라, 어디다 대고 흰소리냐 — 하는 불만을 중뿔 세우면서 말이다. 한동안 말이 없던 천상병이 그만 자겠으니 라디오를 달라고 했다. 라디오 볼륨을 높이면서 천상병이 말했다. "너같은 문디이 자슥은 상업방송 틀어 놓고 증권시세나 듣겠지. 나는 사회교육방송만 들으면서 잠을 청해 왔다꼬!……참말로 근사하지 뭐야. 헤어져 소식없는 자식들을 부모가 찾고, 만날 길 없는 선조들을 부르며 손자들이 울고……우주의 끝까지 울려 퍼질 복음이요 평화의 합창을 너같은 문디이 자슥이 우째 알 끼라꼬 ……끄 끄으 끄으—", 천상병처럼 임기응변술에 능했던 사람이 없고, 천상병은 자신의 무능을 전략적으로 활용하며 어떤 남성도 체험 못할 가장 속 편한 세상을 살다 간 '복동이' 라고, 산 사람들은 말한다. 정말 그럴까. 심중의 완벽한 협잡성 지혜로 삶의 편의를 의도하는 그 어떤 사람이 하필이면 한참 '잘 나가는' 아내의 사업을 놓고 '우주의 끝에서까지 울음 울' 현실적 고뇌를 만들 것인가.

억지로 기행(奇行)을 만들어 가며 제가 '기인' 인 체 살아가는 악취미의 더퍼리는, 그들이 더욱 예술인들일 때, 문자 그대로 예사롭지 않은 문화걸인(文化乞人)에 불과하다. 정의 앞에서라면 또깍 부러질 수 있는 용기는 커녕 노글노글 휠 줄만 아는 비굴의 탄성을 가진 자들이 천상병을 한사코 '시대적 기인' 으로 몰아 갔던 바, 천상병은 오랫동

안 '기인', '괴물', '광인', 심지어는 '흉물'이란 폐악적 상징성으로까지 '문화걸인적' 보편성에 합당되기도 했다. 뿐인가. 상금도 유통되고 있는 어떤 사전의 천상병 앞풀이는 "상상할 수 없는 주벽과 방탕으로 생을 일관했다"는 천인공노할 수식구로 운문(韻文)되고 있다.

오 절통하다. 천상병은 평범한 평화주의자였다. 천상병의 지상절대적 환희는 세상의 모든 아름다움과 평화를 '시인의 자유'로 읊을 수 있는 예술적 창의(創意)에 있었지 문학적 성과(成果)에 전도하는 '의도적 개선'의 용도로 추구된 적이 없다. 그래서 많은 문사들이 예술적 실익에 의거한 개인적 명분의 완전성(完全性)을 소망하고 있을 때 천상병은 생명의 상정적(常情的) 텃밭에 내려앉아 부리가 닳도록 평화를 쪼았을 뿐이다.

아 지금도 보인다. 열정의 신념(信念)에 도달하기 위하여 평화를 쪼으고 있는 천계(天界)의 파랑새, 그 순진무구의 천상병이.

1996년 3월 10일
김포에서

千祥炳의 詩에 대하여

잃어버린 서정, 잃어버린 세계

김우창 | 문학평론가

　시라고 하면 우선 서정시를 생각하게 마련이지만, 모든 시가 다 서정시인 것은 아니다. 그리고 오늘날에 올수록 시는 서정시이기를 그치는 것으로 보인다. 서정성의 쇠퇴 과정에서 천상병은 우리의 최후의 서정시인에 해당된다. 물론 그만이 유독 최후의 서정을 대표한다고 하는 것은 아니지만, 그는 이제는 사라져 버린 어떤 종류의 서정성을 뛰어나게 표현하였다. 그는 1930년생이고, 1950년에 시단에 등단한 시인인데, 그의 서정은 그의 생년과 그의 서정시가 많이 발표된 50년대로부터 70년대까지의 독특한 감수성으로 정의되는 것이다. 그것은 한편으로는 전통적으로 시적인 감흥이라고 말하여지는 감정에 이어지면서 다른 한편으로는, 조금 더 현대적 계기의 세계를 받은 어떤 감정에 열려 있는 감수성이다.

목어를 두드리다
졸음에 겨워

고오운 상좌아이도
잠이 들었다.

부처님은 말이 없이
웃으시는데

西域 萬里ㅅ 길
눈 부신 노을 아래

모란이 진다.
　　　　　　 ―〈古寺 1〉

　조지훈의 이러한 서정은 대부분의 독자가 전통적인 시적 감정을
표현하고 있는 것으로 곧 알 수 있는 것이다. 꽃이 지는 것에 비슷하
게 떨어지는 잎을 그리는 김종삼의 〈주름간 代理石〉도 같은 시적인
감정을 표현하고 있지만, 그것은 조금 더 현대화되어 있다.

　 - 한 모퉁이는 달빛 드는 낡은 구조의 대리석. 그마당(寺院) 한
　구석 -
　　잎사귀가 한잎 두잎 내려 앉았다.

　김종삼의 문단 등장은 대체로 천상병과 비슷한 시기이지만, 출생

년대로는 그의 9년 연장이었다. 천상병의 낙엽은 조금 더 긴장된 상황에 떨어지는 것이다.

> 외로움에 가슴 조일 때
> 하염없이 잎이 떨어져 오고
> 들에 나가 팔을 벌리면
> 보일듯이 안 보일듯이 흐르는
> 한 떨기 구름
> ㅡ〈푸른 것만이 아니다〉

조지훈의 古寺에 지는 잎은 고사의 유구한 느낌을 강조해 준다. 물론 떨어지는 잎 자체는 생멸의 무상함 속에 있는 것으로서 옛절의 역사의 유구성이나 부처님의 세계의 영원에 대조되는 것이지만, 이 대조로써 그것은 한편으로는 영원한 세계의 영원함을 두드러지게 하고, 다른 한편으로는 궁극적으로는 그것마저도 그 일부를 이루고 그 속에 거두어들여지는 것임을 암시한다. 김종삼의 시는 이러한 종교적인 테두리를 가지고 있지 않다. 그의 시에서 말하여지는 낙엽도 종교적 구조물 위에 내리는 것이지만, 강조되어 있는 것은 그 구조물의 내적 실체를 이루는 부처님 또는 어떤 신과 같은 초월적 존재보다는 구조물 자체, 특히 대리석이라는 아름답고 견고한 물질적 구조물이다. 그리하여 피고 지는 잎의 무상한 생명은 종교적이면서 동시에, 또는, 그보다는 기념비적 예술적 구조물의 유구함에 대조된다. 물론 여기에서도 이 대조는 무상한 생명 현상도 유구함의 질서 속에 편입되고 그 질서의 일부가 되는 것임을 암시하는 것이기도 하다.

천상병의 시구에서도 같은 영원과 순간의 변증법을 볼 수 있다. 다만 영원의 질서 자체가 변화를 초월하여 존재하는 흔들리지 않는 근거로 생각되지 아니한 느낌을 주기는 한다. 시인이 외로움을 느끼고 떨어지는 잎에 상심할 때, 하늘에 흐르는 구름에서 받는 위안은 무엇인가. 한 떨기 뜬 구름이 말하여 주는 것은 고독이나 사멸이 자연의 섭리라는 것이다. 생멸과 유전이 우주의 한 섭리라는 것은 하나의 위로임에 틀림이 없지만― 특히 한 떨기 꽃에 그리고 또 표나지 않게 순하게 흐르는 물에 비슷하게 느껴진 구름의 모습으로 말하여진 우주의 섭리가 위안이 되는 것임에는 틀림이 없지만, 그것이 변화를 초월하여 존재하는 영원의 보장만큼은 만족스러운 것은 아닐 것이다. 영원한 것이 없지는 아니하지만, 영원과 순간, 또는 일체성과 개체성의 관계는 조화보다는 모순으로 파악된다. 위에 인용한 구절은 시의 두 번째 연이지만, 첫연은 다음과 같이 시작한다.

저기 저렇게 맑고 푸른 하늘을
자꾸 보고 또 보고 보는데
푸른 것만이 아니다.

이 난해한 첫연에서 시인이 말하고자 하는 것은, 세계의 원리가 반드시 긍정적인 것만을 포함하는 것만은 아니다. 하늘을 허망한 인간사를 초월하는 어떤 우주적 원리로 본다면, 그것은 반드시 맑고 변함없는 것― 푸른 것만을 가지고 있는 것만은 아니라는 것이다. 그리하여 거기에서 시인은 뜬 구름이 일었다 지는 것을 보는 것이다. 이것은 이 구름의 생태를 통하여 자신의 외로움과 나뭇잎의 떨어져 감과 하나인 것이다. 그것은 반드시 영원한 것의 일부가 되는 것은 아니다. 그렇다고 한다면, 그것은 생멸과 변화가 우주 과정의 일부라는 뜻에서만 그러하다.

　천상병의 시적 감정이 조지훈이나 김종삼의 그것에 비하여 조금 더 불안한 세계 인식을 드러낸다고 하여도, 그 근본적 구도는 비슷하다고 하여야 한다. 그리고 그가 우리 시대의 최후의 서정시인이라고 할 때, 그 서정성의 근거도 이 근본 구도에 관계되는 것으로 생각된다.

　전통적으로 시에서 기대하는 서정성이란 무엇인가. 시가 사람의 마음에 느끼는 뜻이나 감정을 드러내는 언어 표현이라는 것은 주지의 사실이다. 이 뜻이나 감정은 마음 속에 절로 일어나는 것일 수도 있으나 대개는 어떤 사물이나 계기에 접하여 일어나는 것이다. 그럼으로 하여 그것은 내적 표현 이외에도 묘사적 성격도 가지게 된다. 이러한 뜻에서 주자가 시를 정의하여, "詩者人心之感物形於言之餘也"라고 한 것은 대체로 우리가 시에 대하여 가지고 있는 상식적 이해를 나타낸 것이다. 그러나 사물에 대한 모든 감응이 시가 되는 것은 아니다. 그 가운데에도 어떤 특정한 것만이 시적 언어로 표현될 만한 것이라고 흔히 생각된다. 이 선택된 감정이란 주자의 관점에서는 도덕적 수양에 도움이 되는 것이었다. 그러니까 사물이나 그 사물에 응하여 일어나는 감정은 도덕적 교훈을 전달하는 만큼만 시적으로 유용성을 갖는 것이다. 이러한 시에 대한 도덕적 견해는 시를 지나치게 좁게 해석하는 것이다. 그러나 시가 어떤 감정이나 사물을 그린다고 한다면, 그것은 대체로, 반드시 도덕적 교훈은 아니라고 하더라도, 그것에 어떠한 의미를 발견하는 까닭이다. 시는 도덕적 교훈 속에는 아닐망정 특정한 대상물을 어떠한 상위의 의미 체계 속에 포섭하는 행위이다. 이 상위 체계의 역할은 도덕적 교훈 또는 다른 종류의 기성 이데올로기가 할 수 있는 것이지만, 시에 나오는 구체적이고 대상적인 체험을 도덕이나 이데올로기로 옮겨 놓는 시가 대체로는 시적 기쁨을 주지 못하는 것은 우리가 자주 보는 것이다. 전통적으로 보다 많은 경우 시적 감흥은 시적 대상물이 유발하는 형이상학적 정서에 의존하는 것으로 생각된다. 이것은 시인들이 '현현의 순간 (epiphanic moment)'도 '특권의 순간 (moment priviligie)'이라고도 부르는 것은 이러한 시적 순간을 설명하려는 말들이다. 그러나 형이상학적이라고 하여 반드시 커다란 추상적 명제로 표현되는 초월적 진리를 말하는 것은 아니다. 그것은 매우 일상적인 삶에서의 특별한 순간이다. 로만 인가르덴이 문학작품의 특성의 하나로 '형이상학적 성격'이라고 부른 것도 이러한 순간을 말한 것이다. "사람의 삶은 말하자면 무의미하게, 비록 그 개미 같은 인생살이에서 어떤 큰일이 이루어질런지는 모르지만, 잿빛으로, 무목적적으로 흘러갈 뿐이다. 그러다가 어느 날— 마치 하나의 은총처럼— 특별할 것도 없고 주의하지도 않았던, 일상적이고 감추어져 있던 바탕으로부터 하나의 '사건'이 일어나고, 그것이 우리와 우리의 세계를 형언할 수 없는 분위기로 감싸게 된다." 이런 때의 빛의 느낌이 형이상학적인 것이다. 그러나 이것은 단지 알 수 없는 바탕 또는 이유만의 사건은 아닌지 모른다. 형이상학적 정서란 좀더 단순하게 우리가 삶의 전체에 대하여 갖는 느낌이라고 불러도 좋다. 즉 아무리 바쁜 삶의 흐름 속에서도 가지게 마련인 산다는 것에 대한 경이감, 신비감, 의아감, 또는 허무감이나 무의미감과 같은 것이 그것이다. 산다는 것과 우리 의식 사이의 간격에서 또 다른 여러 다른 감정들이 일어나고 또 그것은 문화에 따라서 일정한 유형으로 정형화된다. '마른 가지에 까마귀 멈추어 선 가을 어스럼'과 같은 짧은 서경의 효과는 그것이 환기하는 삶에 대한 느낌―형이상학적 정서에서 오는 것이다. 위에 인용한 세 시인의 시가 표현하고 있는 것도 비슷한 형이상학적 정서이다. 쓸쓸함이라든지, 무상함, 또 역설적으로 이러한 느낌으로 확인되는 정적감과 일체감은 동양시에서 특히 특권화된 형이상학적 정서이다. 쓸쓸함이나 무상의 느낌은 삶의 밑에 가로놓여 있는 삶 전체에 대한 느낌으로 나아가는 예비적 정서이다. 주자가 시가 사물에 감응한다고 할 때에도 이러한 것을 뜻하였는지 모른다. 그 감응이란 인간의 본성이 움직이는 것이고, 본성은 사람이 고요함 속에 있을 때 하늘과 일치한 상태를 지칭하는 것인데(人生而靜 天之性), 이러한 바탕이 되는 삶의 느낌과 특정한 사물과의 만남이 일어나는 것이, 또는 거꾸로 사물과의 만남을 통해서 삶의 바탕을 되돌아보게 되는 것이, 시적 계기가 되는 것이라고 할 수 있기 때문이다.

하여튼 중요한 것은 전통적인 시에서 시적 순간은 사물에 촉발되어 삶의 전체에 대한 느낌을 환기하게 되는 순간일 경우가 많다는 것이다. 이 시적 대상물과 삶의 전체와의 만남이 서정성의 근거가 되는 것으로 보인다. 위에서 잠깐 언급한 〈푸른 것만이 아니다〉가 우리에게 주는 시적전율(frisson poetique)은 삶의 한 계기에서 시인이 삶 전체에 돌리는 질문에 관계되어 있다. 시인의 외로움은 떨어지는 잎이나 구름을 생각하게 하고, 또는 (여기에 인용하지 않은 부분에서) 세월이나 신록, 그리고 뜨고 지는 달을 생각하게 하고 이것들의 보다 큰 테두리로써의 하늘에 대한 관계를 생각한다. 이 시가 아니라도 여기의 이러한 시간 속의 삶과 그것을 넘어가는 전체성과의 병치에서 일어나는 형이상학적 정서의 서정적 효과는 천상병의 시의 특징을 이룬다.

형이상학적 큰 것과 일상적 삶의 계기의 상호 작용은 그의 초기시의 많은 부분에서 쉽게 볼 수 있다.

깊은 밤
멍청히 누워 있으면
어디선가 소리가 난다.
방안은 캄캄해도
지붕 위에는
별빛이 소복히 쌓인다.
　　　　　 ―〈은하수에서 온 사나이 ― 윤동주론〉

　시인은 방 안에 갇혀 있으면서도 이렇게 방 밖의 무한한 공간을 생
각한다. 이것은 천상병의 이야기이면서도 제목이 말하고 있듯이 윤
동주의 이야기이고 또 그러니 만큼 시인의 본질을 말하고 있는 것이
다. 같은 병치는 〈한낮의 별빛〉의 주제이기도 하다.

　　　돌담 가까이
　　　창가에 흰 빨래들
　　　지붕 가까이
　　　애기처럼 고이 잠든
　　　한낮의 별빛을 너는 보느냐…

　이러한 큰 것과 작은 것의 병치는 공간적으로만 제시되지 아니한
다. 말할 것도 없이 더 중요한 것은 이것이 사람의 삶의 역정의 비유
라는 것이다. 천상병의 시 특유의 우수는 인생의 많은 계기들을 인생
의 시간적 전개 속에서 ― 그리하여 불가피하게 무상한 느낌을 환기
하는 시간성 속에서 보는 데에서 유래한다. 그에게 한 현상이 눈에
뜨인다면, 그것은 시간의 유전 속에 있는 한 순간이다. ‘지난날, 너

다녀간 바 있는 무수한 나뭇가지 사이로 빛은 가고 어둠이 보인다 〈서대문에서-새〉' 계절의 경우도 그렇다. 가을이 온다면, 그것은 다른 가을과의 관계 속에 있는, 또 되풀이 될 수 없는 귀한 순간과의 관계에 있는 가을이다. 그리하여 그는 가을을 말하면서, '가을은/다시 올 테지' 라고 하면서 동시에 쓸쓸하게 묻는다.

다시 올까?
나와 네 외로운 마음이,
지금처럼
순하게 겹친 순간이…
　　　　　　　　　— 〈들국화〉

삶의 시간성의 의식은 대체로 그로 하여금 위의 구절에서나 마찬가지로 삶을 무상하고 위태로운 것으로 파악하게 한다. 이러한 삶의 의식은 〈미소-새〉에 잘 요약되어 있다.

입가 흐뭇스레 진 엷은 웃음은
삶과 죽음 가에 살짝 걸린
실오라기 외나무다리.

새는 그 다리 위를 날아간다.
우정과 결심, 그리고 용기
그런 양 나래 저으며…

이와 같이 삶의 좋은 순간-미소라든가, 우정이라든가, 용기라든가

하는 것들은 생과 사의 사이에서 사람으로 하여금 긍정적 지속을 가
능하게 하는 매우 위태로운 외나무다리와 같은 것이다. 그러나 삶을
그 실존적 전체성에서 파악하는 것의 참 의미는 그것이 삶을 대긍정
으로 받아들일 수 있게 한다는 데 있다. 그리하여 시인은 이어서 말
한다.

풀잎 슬몃 건드리는 바람이기보다
그 뿌리에 와 닿아주는 바람,
이 가슴팍에서 빛나는 햇발.

오늘도 가고 내일도 갈
풀밭 길에서
입가 언덕에 맑은 웃음 몇번인가는…

웃음은 어려운 생존의 조건에서도 햇발이 되기에 족하다. 그리고
삶은 궁극적으로 어둠보다는 이러한 밝음에 의하여 뒷받침되고 있는
것이다.

햇빛 반짝이는 언덕으로 오라
나의 친구여,

언덕에서 언덕으로 가기에는
수많은 바다를 건너야 한다지만,

햇빛 반짝이는 언덕으로 오라

나의 친구여…

　이러한 대긍정의 자세에도 불구하고 (물론 그것은 부정적 상황의
틈에서 역설적으로 비추는 긍정이지만), 천상병의 생애가 간구한 것
이었음은 잘 알려진 사실이다. 뿐만 아니라 그것은 그의 시에도 되풀
이하여 언급되고 있는 그의 삶의 기본적인 사실이다. 그는 시에서
'가난은 내 적업'이라고 말한 일이 있다. 그러나 놀라운 것은 이 가
난이 현실적으로 어떠한 것이었든지 간에, 적어도 시적으로 고양된
순간에 있어서는 비참이나 불행이나 원한이나 분노의 감정을 일으키
지 아니한다는 것이다. 그는 가난이 그로 하여금 '비쳐오는 햇빛에
떳떳할 수 있'게 하였다고 말한다. 그러나 이 떳떳함이란 말이 시사
하는 바, 흔히 가난의 주장에서 보는 정의 분노나 자기정당성의 주장
은 그의 시에서 흔히 발견되지 아니한다. 그에게 가난이 햇빛에 관계
된다면, 이 햇빛은 사회적 감정으로서의 당당함보다도 시각의 투명
성을 뜻하는 것일 것이다. 이 투명성은 삶의 어둠과 밝음, 특히 아름
다움을 볼 수 있는 능력이다. 그것은 욕심의 흐림이 없음으로써 온전
할 수 있는 것이기 때문에 가난에 의하여 쉬워지는 것이다. 그렇다고
하여 그가 철학적 투시력을 원하였다는 것은 아니다. 그에게 무엇보
다도 중요한 것은 행복이었다. 위의 구절들이 나오는 시, 〈가난은〉의
서두가 말하고 있는 것은 행복이다.

　　오늘 아침을 다소 행복하다고 생각는 것은
　　한잔 커피와 갑 속의 담배,
　　해장을 하고도 버스값이 남았다는 것

가난이 불가피한 것이라면, 그것 속에서라도 행복을 발견하는 것이 현명한 것이겠지만, 달리 보면, 가난으로 하여 비로소 한잔 커피와 갑 속에 남은 담배와 해장의 요기와 버스 값의 가치를 감식할 수 있다고 할 수도 있는 것이다.

천상병의 시가 시사하는 바대로라면, 가난과 행복에는 어떠한 상관 관계가 있는 것으로 보인다. 위에서 우리는 이미 이 관계를 조금은 따져 보았다. 가난은 사물에 대한 또는 일반적으로 삶과 세상에 대한 눈을 투명하게 하는 작용을 한다. 그것은 작은 것의 귀함을 알게 하는 인식의 조건이다. 그러나 다른 한편으로 이러한 인식은 그 작은 것마저도 기약할 수 없는 것이 되게 하는 무상한 삶의 거대함에 비추어서 가능해지는 것이다. 그것은 이 거대함과 작은 것의 맞물림을 긍정하는 행위이다. 가난은 삶의 거대함을 알게 한다. 가난은 작은 것과 큰 것의 교호로써 이루어지게 마련인 삶에 대한 균형있는 인식을 가능하게 한다. 이렇게 보면 가난은 그 자체로보다는 그것은 하나의 철학적 의미에서 행복의 조건이 될 수 있다. 그것은 필연적인 조건이라기 보다는 균형된 삶을 사는 데에 도움을 주는 요인이다 (아무리 부하여도 사람은 세계의 거대함에 비추어 또 그리고 그의 삶의 한정에 비추어 지극히 가난할 수 밖에 없는 것이 아닌가). 위에서 정의하려 한 것처럼 서정성이 사람의 삶의 큰 것과 작은 것의 마주침, 삶의 거대한 형이상학적 신비와의 마주침에서 연유하는 것이라고 한다면, 가난의 철학적 의미는 서정성의 그것과 같다.

그러한 의미에서의 가난이나 서정성은 천상병이 속하였던 세대의 문화 — 삶에 대한 그 나름의 균형된 철학적 인식을 내장한 문화에서 나오는 것으로 생각된다. 이 문화란, 다시 말하여 사람의 삶을 그 형이상학적 조건 — 하늘과 산과 나무 등의 자연, 태어나고 사랑하고 고통하고 죽는 인간의 삶의 생애의 순환 그리고 그러한 사람들의 삶이 이루는 시간적 공간적 상호 관계, 이러한 조건들 속에서 파악하게 하여주는 문화이다. 이 문화는 철학적 의미를 가지고 있기는 하지만, 물론 사변적으로 전개한 철학적 문화라기보다는 감수성이고 생활이다. 그것은 사람이 자신의 삶을 알아볼 만한 또 실제적으로 감당할 만한 넓이와 한계 속에 두고자 하는 자연스러운 요구의 표현이다. 이러한 여유란 삶과 의식 사이에 공간을 필요로 하고, 이 공간이 저절로 철학적 반성을 통하여 의시화되기도 하는 것이다.

김종삼의 〈소리〉는 그런 한계 또는 공간에 불러 쌓여 있는 한 풍경을 다음과 같이 그리고 있다.

산마루에서 한참 내려다 보이는
초가집
몇 채

하늘이 너무 멀다.

얕은 소릴 내이는
초가집
몇 채

가는 연기들이

지난 일들은 삶을 치르느라고
죽고 사는 일들이

지금은 죽은 듯이
잊혀졌다는 듯이
얕은 소릴 내이는
초가집
몇 채
가는 연기들이

    시의 가운데 있는 초가의 삶은 가난하고 신산스러운 것임에 틀림
이 없다. 그것은 (문맥이 분명치 않은 대로 해석해 보면) 현재의 삶의 간곤함
에 과거의 일들도 생사의 전체적인 전망도 잊고 — 그리하여 기억과
전망을 가진 삶을 살지 못하는 삶이지만, 그것은 초가와 가는 연기와
얕은 소리로만 자기의 존재를 알리는 연약한 삶이지만, 그래도 그것
이 하늘과 산의 커다란 풍경 속에 있으며, 지난 일과 죽음과 삶의 —
어쩌면 한 사람만이 아니라 여러 세대의 죽고 사는 일의 연쇄 속에
있다는 사실은 분명하다. 이 작은 삶을 에워싸고 있는 큰 테두리는
실제의 공간이면서 또 의식의 공간이다. 이 공간은 시인의 의식 속에
있지만, 동시에 사실 초가의 삶의 의식 속에도 작용할 것임이 분명하
다. 이러한 배경과 초점의 삼투는 초가의 간간 도는 조촐함으로 인하
여 더욱 쉽게 가능해지는 것이겠지만, 간고한 삶이 이러한 삼투 또는
균형의 필수적인 조건인 것은 아니다. 되풀이하여 그것은 전체를 균
형 속에서 소작할 수 있는 실제적 공간과 철학적 문화로 인하여 가능
한 것이다. '찬 처마에 달이 비치어 강산의 빛깔이요/고요한 밤에 책
을 펴니 우주의 마음이다' — 이러한 시구에서 보는 바와 같은, 반드
시 가난한 것은 아닌, 인간과 자연의 조화된 삶은 옛날의 시나 시조
의 상투적인 주제이다. 다만 옛날의 조화의 비전은 김종삼의 시대에

와서는 더 이상 지속할 수 없는 것이 되어 가난과 고통 속에서만 역설적으로 긍정될 수 있는 것이 된 것이다. 그리고 이러나 저러나 그것은 근대화와 경제 발전 그리고 정치적·경제적 욕망의 해방 속에서 자연스러운 상태이거나 불가피한 형편이 아니고 방어적으로 내세워야 되는 주장이 되었다. 이것은 천상병의 경우에도 마찬가지이다.

천상병 시인의 생애에서 커다란 전기를 이루는 것은 수락산 밑에 정착한 일이다. 이것은 그에게 도시의 보헤미안으로부터 안정된 시민으로의 전환을 가져왔다. 이 전환은 그 자신의 삶에 대한 인식에서는 다분히 산림이나 시골에 한거하는 처사의 이미지로 표상되는 것이었던 것 같다. 수락산 이사 이후의 그의 시는 거의 전적으로 그곳에서의 삶에 관한 것이 되었다. 그것은 변두리의 삶이었지만, 그의 마음 속에는 매우 긍정적으로 투사되었다. 그는 그곳의 삶의 환경을 다음과 같이 요약하여 말한 바 있다.

> 나 사는 곳
> 도봉구 상계1동
> 서울의 최북방이고
> 변두리의 변두리.
>
> 수락산과 도봉산
> 양편에 우뚝 솟고
> 공기맑고 청명하고
> 산위 계곡은 깨끗하기 짝없다.

통틀어 조촐하고
다방 하나 술집 몇 개
이발소와 잡화점
이 동네 그저 태평성대.

여긴 서울의 별천지
말하자면 시골 풍경
사람들은 다 순박하고
자연을 사랑하고 향토 아끼다.

〈동네〉가 그리고 있는 마을은 서울의 변두리이면서도 김종삼의 〈소리〉가 초가 동네처럼, 산과 물과 하늘을 배경으로 한 인간의 삶의 개인적이며 공동체적인 형태를 유지하고 있다. 천상병이 자신의 삶에 대하여 가지고 있던 이미지의 출처는 우여곡절과 변조가 있는 대로 전통적인 것이었다고 할 수 있다.

그러나 그러한 심상은 불원간 도시의 고층 아파트와 휘발유가 삼켜버리게 될 과도적 현상의 허상에 불과했다. 그것은 과거로부터의 잔상으로서만 존재할 뿐이다. 처음 천상병이 이사하였던 곳은 서울의 경계로부터 팔십 또는 백 미터 떨어져 있던 곳이다. 그가 다시 이사를 한 것인지도 모르지만, 위의 시에서 그것은 상계1동이 되어 있는데 이것은 그의 주거지가 서울에 편입된 때문일 가능성이 크다. 하여튼 오늘날 상계동은 고층 아파트군이 밀집된 가장 도시적인 곳이 되어, 하늘과 산과 물과 일체적으로 조화된 마을이라는 이미지와는 먼 것이 되었다. 물론 이러한 도시화와 그 부조화를 피하고자 하면, 다시 더 서울에서 멀리 산이 우뚝 솟고 공기 맑고, 계곡 깨끗한 곳으로 옮겨 갈 수 있을 것이다. 그러나 그러한 곳으로 옮겨 가더라도 그것이 마음으로부터 자연에 열리고 그 사실 속에 행복을 발견하는 마을이기는 쉽지 않을 것이다. 우리의 삶이 향하는 전체는 자연이거나 인간의 형이상학적 운명이 아니다. 우리들의 삶 — 작든 크든 현순간의 필연성 속에서 영위되는 우리의 삶을 둘러싸고 있는 전체성은 자연도 삶의 형이상학적 한계도 생활의 공동체도 아니다. 그것은 정치이며 사회이며 부이다. 그리고 이것들의 밑에 있는 것은 우리의 개인적이고 집단적인 욕망이고, 이 욕망의 무한한 해방 속에서 우리의 시선은 무한히 확대되는 정치와 사회와 부의 저 너머를 볼 수 없게 되었다. 천상병이 이사해 간 수락산 밑의 마을은, 앞에서 말한 바와 같이, 과도적인 형태의 마을이었고, 그것은 이미 새로운 것에 의하여 수세에 몰리고 있었다. 이것은 천상병의 삶의 자세의 경우에도 마찬가지였다. 그가 생각한 자연 속의 공동체는, 불가피한 현실의 사정으로나 이념으로나, 사회의 대표적 표상은 아니었다. 그것은 사람들이 그런 대로 잊을 수 없는 과거의 이념으로 노스탤지어나 연민을 가지고 되돌아볼 수도 있고 더 심하게는 흥미로운 기이함으로 바라볼 수도 있으나 아무런 현실적 의미를 가질 수는 없는 것이었다.

이러한 사정은 천상병의 시에서도 읽을 수 있는 것이다. 수락산 이후 그의 시는 그 이전의 시에 비하여 현격하게 서정성을 잃게 된다. 그 결과 서정주의의 감상에서 벗어나 현실의 단단함이 더하여져 얻는 바도 없지 않았다. 그러나 궁극적으로는 잃는 바가 훨씬 많았다. 그는 여전히 가난함과 행복과 선의의 이웃과 또 자연에 대하여 말하였지만, 그러한 것들은 그 자체로 한정되는 것일 뿐 더 넓은 공간과의 변증법적 관계 속에서 말하여지는 것이 아니었다. 물론 이것은 천상병의 시의 특이한 문제는 아니다. 사람의 구체적 체험이란 대체로 사물의 구체에서도 이념적 설명 체계로 직접적으로 주어지는 것이 아니라, 삶의 신비에로 열리는 감성의 불확실성 속에서 이러한 것들이 부딪치고 합성되는 데에서 일어난다. 또 시적 체험은 이러한 구체적 체험의 체험이다. 넓은 의미의 공간을 상실한 시는 구체적 체험의 새로움을 만들어내지 못한다. 오늘의 시의 문제는 이러한 공간의 상실과 관련되어 있다. 이 공간이 인위적으로 만들어질 수는 없다. 또 상투적으로 정형화된 자연과 삶의 형이상학적 신비는 이미 전근대의 시대로부터 그 시적 울림을 잃어 가고 있었다. 그것은 과거의 것이다. 이 공간은 — 어쩌면 부정의 무한으로만 존재할지도 모르는 이러한 공간은 시인이 한 편 한 편의 시에서 새로이 찾아야 하는 것일런지 모른다. 그렇다고 하더라도 그것 없이는 시적 울림 — 서정성으로 존재하였던 시적 울림은 되살아날 수 없다. 천상병은 이 전통적 시의 공간 — 과거의 유산으로서 남아 있던, 그러면서 현대의 부정과 긴장 속에서 되살려진, 시의 공간에서 그의 서정성을 끌어냈다. 그러나 그것은 거의 마지막 노력이었다. 그 서정성의 업적과 그 소멸, 또 그것을 가능하게 했던 세계의 마지막 힘과 소멸을 우리는 그의 시적 또 인간적 경력에서 본다.

1. 『千祥炳 全集』은 제1권 詩, 제2권 散文으로 각각 나누어 전2권으로 기획되었다.
2. 본 詩 全集은 그동안 간행된 6권의 시집(시선집 제외)에 실린 작품과 미발표된 6편, 그리고 각 도서관에서 소장하고 있는 문예지를 뒤져, 발표는 되었으나 어느 시집에도 묶이지 않고 묻혀있던 30여편을 찾아 추가하여 수록하였다.
3. 수록하는 작품의 기준은 각종 매체에 작품이 발표된 이후 처음으로 작품이 묶인 시집을 기준으로 하고 발행된 시집의 간행 연도를 감안하여 제1부에서 제4부까지 특정 연도를 설정하고 발표 연대순 혹, 시집에 수록된순 또는, 연작번호, 동일제목을 한곳으로 모아 수록하였다.
4. 다음은 이 詩 全集을 묶을 때 기준으로 삼은 시집들이다.
   1. 『새』 - 조광(1971) — 이하 약칭 『새』 (조).
   2. 『주막에서』 - 민음사(1979) — 이하 약칭 『주막』 (민).
   3. 『천상병은 천상 시인이다』 - 오상(1984) — 이하 약칭 『천상』 (오).
   4. 『저승가는 데도 여비가 든다면』 - 일선(1987) — 이하 약칭 『저승』 (일).
   5. 『요놈 요놈 요 이쁜놈!』 - 답게(1991) — 이하 약칭 『요놈』 (답).
   6. 『나 하늘로 돌아가네(유고시집)』 - 청산(1993) — 이하 약칭 『나』 (청).
5. 어느 시집에도 실리지 않은 미발표작 6편과 각종 문예지에서 찾아낸 30여편의 작품은 한데 묶어 창작연도와 발표연도에 따라 각 부에 실었다.
6. 각 부 마다 全集에 실을 때 기준이 된 작품을 시집별로 목록을 만들어 참고케 하였고, 매 작품 뒤쪽에는 수집이 가능했던 원문과 그 작품이 처음 수록된 시집, 그리고 재수록 된 시집의 작품을 비교하여 그 차이점을 각주에 밝혔다.
7. 본문의 표기는 시집에 묶인 대로 따르되 경우에 따라 현행 맞춤법으로 표기를 하였다. 그리고 되도록 한자말은 생략을 하였으며 한자가 아닌 외래어는 당시 표기대로 적음을 원칙으로 하였다.
8. 각주란의 기호는 다음과 같다.
   - ■ : 각주표시.
   - [ ] : 차이점이 발견된 詩 제목 및 본문 내용.
   - / : 행구분 표시.
   - // : 연구분 표시.

9. 각주란에 내용변경의 상황을 밝여줌에 있어 원문, 수록본, 재수록본 간의 ' , ' (쉼표), ' . ' (마침표), ' … , …… ' (말줄임표) 등등의 차이는 기준을 삼은 시집의 표기대로 싣되 밝히지 않았고 제목, 시어의 표기, 행구분, 연구분을 중심으로 차이점을 밝혔다.

10. 마지막으로, 선생의 全集을 엮어내면서 백방(국립중앙, 국회, 정독, 남산, 용산, 동대문, 종로 도서관과 사립 도서관 2곳)으로 자료 수집에 전력하였으나 여기에 실린 것이 전부이고 또는, 한계임을 사족처럼 시인한다. 그리고 앞으로 계속하여 보충보완할 것을 아울러 밝힌다.

詩

제1부
1949년~1971년

제1부에 묶인 시는 시집 『새』 (조), 『천상』 (오), 『요놈』 (답)과 시집에 묶이지 않은 작품 중에서 이 기간에 발표된 것으로 밝혀진 작품을 년대 순으로 배열하고 연작 및 동일제목으로 쓰여진 작품은 발표년도와는 상관없이 한 곳으로 모아 수록하였다(뒷면 작품목록 참조).

피리

피리를 가졌으면 한다
달은 가지 않고
달빛은 교교히 바람만 더불고—
벌레소리도 죽은 이 밤
내 마음의 슬픈 가락에 울리어 오는
아! 피리는 어느 곳에 있는가
옛날에는
달 보신다고 다락에선 커다란 잔치
피리 부는 악관이 피리를 불면
고운 궁녀들 춤을 추었던
나도 그 피리를 가졌으면 한다
불 수가 없다면은
만져라도 보고 싶은
이 밤
그 피리는 어느 곳에 있는가.

■

· 49. 7. 『죽순』에 발표.

공상

― 나는 며칠 동안 空想을 먹으며 살았다.

기어이 스며드는 것

절벽 위에서
아슬한 그 절벽 위에서

아!
저 화원입니다
저 처녀입니다

― 붉고 푸르고 누른 내 마음의 마차여
오늘은 또 어디메로 소리도 없이
나를 끌고 가는가

■
· 49. 7. 『竹筍』에 발표.
· 『요놈(p.115)』 (답)에는 부제 [나는 며칠 동안 공상을 먹으며 살았다.]를 삭
제 수록.

나무

　사람들은 모두 그 나무를 썩은 나무라고 그랬다. 그러나 나는 그 나무가 썩은 나무는 아니라고 그랬다. 그밤. 나는 꿈을 꾸었다.

　그리하여 나는 그 꿈 속에서 무럭무럭 푸른 하늘에 닿을 듯이 가지를 펴며 자라가는 그 나무를 보았다.

　나는 또다시 사람을 모아 그 나무가 썩은 나무는 아니라고 그랬다.

　그 나무는 썩은 나무가 아니다.

■

　· 51. 12. 『처녀지』에 발표.

약속

한 그루의 나무도 없이
서러운 길 위에서
무엇으로 내가 서 있는가

새로운 길도 아닌
먼 길
이 길은 가도가도 황토길인데

노을과 같이
내일과 같이
필연코 내가 무엇을 기다리고 있다.

■
· 51. 12. 『처녀지』에 발표.

갈대

환한 달빛 속에서
갈대와 나는
나란히 소리 없이 서 있었다.

불어오는 바람 속에서
안타까움을 달래며
서로 애터지게 바라보았다.

환한 달빛 속에서
갈대와 나는
눈물에 젖어 있었다.

■

· 51. 12. 『처녀지』에 발표.

강물

강물이 모두[1] 바다로 흐르는[2] 그 까닭은
언덕에 서서
내가
온종일 울었다는 그 까닭만은 아니다.

밤새
언덕에 서서
해바라기처럼 그리움에 피던
그 까닭만은 아니다.

언덕에 서서
내가
짐승처럼 서러움에 울고 있는 그 까닭은
강물이 모두[1] 바다로만 흐르는 그 까닭만은 아니다.

■

· 52. 1.『문예』誌에 1회 추천(청마 유치환) 발표작.
1)『문예』誌에는〔모다〕로 표기.
2)『문예』誌에는〔흐흐는〕으로 표기 되었으나 誤記로 보임(편집자−註).

갈매기

그대로의 그리움이
갈매기로 하여금
구름이 되게 하였다.

기꺼운 듯
푸른 바다의 이름으로
흰 날개를 하늘에 묻어 보내어

이제 파도도
빛나는 가슴도
구름을 따라 먼 나라로 흘렀다.

그리하여 몇번이고
몇번이고
날아 오르는 자랑이었다.

아름다운 마음이었다.

■

· 이 시는 시집 『새(p.108)』 (조)에는 51년 12월 『처녀지』에 발표된 것
  으로 표기되어 있다. 그리고 전집자료 수집과정에서 이 시는 52년
  5~6월 합본호 『문예』誌에 모윤숙 씨의 추천으로 추천완료 작품으
  로 발표된 것이 확인됐다. 그러나 어느 도서관에도 『처녀지』의 소
  장자료가 없어 『처녀지』는 확인할 수 없었다.

『문예』誌에 실린 작품의 전문을 밝힌다. 참고하기 바란다(편집자—註).

그대로의 그리움이 갈매기로 하여금 구름이 되게 하였다.

기꺼운듯 푸른 바다의 이름으로 흰 날개를 하늘에 묻어 보네어 ─

이제 파도도 빛나는 가슴도 구름을 따라 먼 나라로 흘렀다.

그리하여 몇 번이고 몇 번이고 날아 오르는 자랑이었다.

아름다운 아름다운 마음이었다.

무명(無名)

뭐라고
말할 수 없이
저녁놀이 져가는 것이었다.

그 시간과 밤을 보면서
나는 그 때
내일을 생각하고 있었다.

봄도 가고
어제도 오늘도[1] 이 순간도
빨가니 타서 아, 스러지는 놀빛.

저기 저 하늘을 깎아서
하루 빨리 내가
나의 무명을 적어야 할 까닭을,

나는 알려고 한다.
나는 알려고 한다.

■

· 52. 6. 『新作品』에 발표.
1) 『주막(p.54)』(민), 『저승(p.135)』(일), 『요놈(p.139)』(답)의 재수록
　　본에는〔오늘〕로 재수록.

오후

그날을 위하여
오후는
아무 소리도 없이……

귀를 기울이면
그래도
나는 나의 어머니를 부르며
울고 있다.

멀리 가까이
떠도는 하늘에
슬픔은 갈매기처럼
날아가곤 날아가곤 한다.

그것은
그 어느 날의 일이었단다
그 어느 날의 일이었단다

그리하여
고요한 오후는
물과 같이 나에게로 와서
나를 울리는 것이다.

귀를 기울이면
어머니를 부르는
소리가 들려온다.

■

· 53. 『新作品』에 발표.

다음

멀잖아
북악에서 바람이 불고,
눈을 날리며, 겨울이 온다.

그날, 눈 오는 날에
하얗게 덮인 서울의 거리를
나는 봄이 그리워서 걸어가고 있을 것이다.

아무것도 없어도
나에게는 언제나
이러한 '다음'이 있었다.

이 새벽. 이 '다음'.
이 절대한 불가항력을
나는 내 것이라고 생각한다.

이윽고, 내일
나의 느린 걸음은
불보다도 더 뜨거운 것으로 변하여고

나의 희망은
노도(怒濤)보다도 바다의 전부보다도
더 무거운 무게를[1] 이 세계에 줄 것이다.

그러므로, 이 '다음' 은
눈 오는 날의 서울의 거리는
나의 세계의 바다로 가는 길이다.

■

- 53. 3. 『新作品』에 발표.
- 『저승(p.158)』 (일), 『요놈(p.140)』 (답)에는 1연이〔멀잖아 북악에서
  바람이 불고 / 눈을 날리며, 겨울이 온다.〕로 재수록.
- 『새(p.96)』 (조), 『저승』, 『요놈』에는 3, 4연이 한 연으로 수록되었으
  나 『新作品』에 발표된 작품을 기준으로 바로잡음(편집자—註).
1) 『신작품』에는〔무개를〕으로 표기되어 있으나〔무게를〕의 誤字로 보
  임(편집자—註).

무명전사(無名戰死)

지난날엔 싸움터였던
흙더미[1] 위에 반듯이 누워
이즈러진 눈으로 그대는
그래도 맑은 하늘을 우러러 보는가

구름이 가는 저 하늘 위의
그 더 위에서 살고 계신
어머니를 지금 너는 보는가

썩어서 허무러진 살
그 살의 무게는
너를 생각하는 이 시간
우리들의 살의 무게가 되었고

온 몸이 남김 없이
흙 속에 묻히는 그때부터
네 뼈는
영원한 것의 뿌리가 되어지리니

밤하늘을 타고
내려오는 별빛이
그 자리를 수억만 번 와서 씻은 뒷날 새벽에

그 뿌리는 나무가 되고
숲이 되어
네가
장엄한 산령(山嶺)을 이룰 것을 나는 믿나니

— 이 몸집은
저를 잊고
이제도 어머니를 못 잊은 아들의 것이다.

■
· 53. 5. 『전선문학』에 발표.
1) 『전선문학』에는 〔흙떼미〕로 발표.

푸른 것만이 아니다

저기 저렇게 맑고 푸른 하늘을
자꾸 보고 또 보고 보는데
푸른 것만이 아니다.

외로움에 가슴 조일 때
하염없이 잎이 떨어져 오고

들에 나가 팔을 벌리면
보일듯이 안 보일듯이 흐르는
한 떨기 구름

3월 4월 그리고 5월의 신록
어디서 와서 달은 뜨는가
별은 밤마다 나를 보던가.

저기 저렇게 맑고 푸른 하늘을
자꾸 보고 또 보고 보는데
푸른 것만이 아니다.

■

· 54. 『新作品』에 발표.
· 『주막(p.25)』(민), 『저승(p.115)』(일), 『요놈(p.114)』(답)에는 2, 3연이 한
  연으로 수록되었는데 다음과 같다.

외로움에 가슴 조일 때
하염없이 잎이 떨어져 오고
들에 나가 팔을 벌리면
보일 듯이 안 보일 듯이 흐르는
한 떨기 구름

등불

저 조그마한 불길 속에
누가 타오른다.
아프다고 한다. 뜨겁다고 한다. 탄다고 한다.
허리가 다리가 뼈가 가죽이 재가 된다.
저 사람은 내가 모르는 사람이다.
어디서 만난 사람이다.
아, 나의 얼굴
코도 입도 속의 살도
폐가, 돌 모두가
재가 되어진다.

■

· 55. 『藝術集團』에 발표.

덕수궁의 오후

　나뭇잎은 오후, 멀리서 한복의 여자가 손을 들어 귀를 만진다.
　그 귀밑볼에 검은 혹이라도 있으면
　그것은 섬돌에 떨어진 적은 꽃이파리 그늘이 된다.

　구름은 떠 있다가
　중화전의 파풍(破風)에 걸리더니 사라지고, 돌아오지 않는다.[1]

　이 잔디 위와 사도(砂道),
　다시는 못 볼 광명(光明)[2]이 되어
　덤덤히 섰는 솔나무에 미안한 나의 병,
　내가 모르는 지나가는 사람에게 인사를 한다.

　어리석음에 취하여 술도 못 마신다.
　연못가로 가서 돌을 주어 물에 던지면,
　끝없이 떨어져 간다.

　솔나무 그늘 아래 벤치,
　나는 거기로 가서 앉는다.

　그러면 졸음이 와 눈을 감으면,
　덕수궁 전체가 돌이 되어 맑은 연못 물 속으로[3] 떨어진다.

■

· 56. 9. 『현대문학』에 발표.

1) 『현대문학』에는〔大德殿의 破風에 걸리더니 사라지고, / 돌아오지 않는다.〕
로 발표되었는데 이 작품이 처음으로 묶인 시집 『새(p.88)』(조)에서는〔大
德殿의 破風에 걸리더니 사라지고, 돌아오지 않는다.〕로 한 행 처리되어
수록되었고 『주막(p.64)』(민)과 『저승(p.113) (일)』에서는〔中和殿의 破風
에 걸리더니 사라지고, 돌아오지 않는다.〕로 한 행으로 수록됨과 동시에
〔大德殿〕이〔中和殿〕으로 바뀌었다. 그리고 실제로 덕수궁엔 대덕전이란
건물은 지금까지 없었던 점으로 미루어 어떤 착오가 있었던 듯싶다. 이
작품을 전집에 수록하는 기준은 『주막』(민)에 수록된 것으로 기준을 삼
는다(편집자-註).

2) 『현대문학』에는〔光芒〕으로 발표, 이후 『새(p.88)』(조)엔〔光芒〕, 『주막』과
『저승』엔〔光明〕으로 수록되었음.

3) 『저승』에는〔연못 속으로〕로 재수록.

어두운 밤에

수만 년 전부터
전해 내려온 하늘에,
하나, 둘, 셋, 별이 흐른다.

할아버지도
아이도
다 지나갔으나
한 청년이 있어, 시를 쓰다가 잠든 밤에……

■

· 57. 9. 『현대문학』에 발표.

새

외롭게 살다 외롭게 죽을
내 영혼의 빈 터에
새날이 와, 새가 울고 꽃잎 필 때는,
내가 죽는 날
그 다음날.

산다는 것과
아름다운 것과
사랑한다는 것과의 노래가
한창인 때에
나는 도랑과 나뭇가지에 앉은
한 마리 새.

정감에 그득찬 계절,
슬픔과 기쁨의 주일,
알고 모르고 잊고 하는 사이에
새여 너는
낡은 목청을 뽑아라.

살아서
좋은 일도 있었다고
나쁜 일도 있었다고
그렇게 우는 한 마리 새.

■
· 59. 5. 『사상계』에 발표.

새[1]

저 새는 날지 않고 울지 않고
내내 움직일 줄 모른다.
상처가 매우 깊은 모양이다.
아시지의 성(聖)프란시스코는
새들에게
은총 설교를 했다지만
저 새는 그저 아프기만 한 모양이다.
수백 년 전 그날 그 벌판의 일몰(日沒)과 백야(白夜)는
오늘 이 땅 위에
눈을 내리게 하는데
눈이 내리는데……

■

· 65. 3. 『女像』에 발표.
· 『女像』에 발표된 작품의 전문을 밝힌다. 참고하기 바란다(편집자-註)

저 새는 날지 않고 울지 않고
내내 움직일줄 모른다.
상처가 매우 깊은 모양이다.
아시지의 聖푸란시스코는
새들에게 恩寵 說敎를 했다지만
저 새는 그저 아프기만한 모양이다.
수백년전 그날 그 벌판의
日沒과 白夜는
오늘 이땅 위에
눈을 나리게 하는데
눈이 나리는데……

1) 『천상(p.37)』(오), 『저승(p.98)』(일), 『요놈(p.131)』(답)에서는
   [새·3]으로 재수록

새

가지에서 가지로
나무에서 나무로
저 하늘에서
이 하늘로,

아니 저승에서 이승으로

새들은 즐거히 날아 오른다.

맑은 날이나 궂은 날이나
대자대비(大慈大悲)처럼
가지 끝에서
하늘 끝에서……

저것 보아라,
오늘 따라
이승에서 저승으로
한 마리 새가 날아간다.

■
· 66. 2. 『시문학』에 발표.

새

최신형기관총좌를 지키던 젊은 병사는 피비린내 나는 맹수의 이빨 같은 총구 옆에서 지루하기 짝이 없었다. 어느 날 병사는 그의 머리 위에 날아온 한 마리 새를 다정하게 쳐다보았다. 산골 출신인 그는 새에게 온갖 아름다운 관심을 쏟았다. 그 관심은 그의 눈을 충혈케 했다. 그의 손은 서서히 움직여 최신형 기관총구를 새에게 겨냥하고 있었다. 피를 흘리며 새는 하늘에서 떨어졌다. 수풀 속에 떨어진 새의 시체는 그냥 싸늘하게 굳어졌을까. 온 수풀은 성 바오로의 손바닥인 양 새의 시체를 어루만졌고, 모든 나무와 풀과 꽃들이 모여들었다. 그리고 부르짖었다. 죄없는 자의 피는 씻을 수 없다. 죄 없는 자의 피는 씻을 수 없다.

■

· 66. 7. 『문학』에 발표.

새

저것 앞에서는
눈이란 다만 무력할 따름
가을 하늘가에 길게 뻗친 가지 끝에,
점찍힌 저 절대 정지를 보겠다면……[1]

본다는 것은 무엇인가
있는 것과 없는 것의
미묘하기 그지없는 간격을,
이어주는 다리(橋)는 무슨 상형(象形)인가.

저것은
무너진 시계(視界) 위에 슬며시 깃을 펴고
피빛깔의 햇살을 쪼으며
불현듯이 왔다 사라지지 않는다.

바람은 소리없이 이는데
이 하늘, 저 하늘의
순수균형을
그토록 간신히 지탱하는 새 한 마리.

■
· 67. 5. 『현대문학』에 발표.
1) 『현대문학』에는 [보겠다면은……]으로 발표.

새

— 아폴로에서

　참으로 오랜만에 음악을 듣는 것이다. 내 마음의 빈터에 햇살이 퍼질 때, 슬기로운 그늘도 따라와 있는 것이다. 그늘은 보다 더 짙고 먹음직한 빛일지도 모른다.

　새는 지금 어디로 갔을까? 골짜구니를 건너고 있을까? 내 마음 온통 세내어 주고 외국 여행을 하고 있을까?

　돌아오라 새여! 날고 노래하기 위해서가 아니고! 이 그늘의 외로운 찬란을 착취하기 위하여!

■

· 69. 4. 『월간문학』에 발표.

새 · 2

그러노라고
뭐라고, 하루를 지껄이다가,
잠잔다 ―

바다의 침묵, 나는 잠잔다.
아들이 늙은 아버지 편지를 받듯이
꿈으로[1] 꾼다.

바로 그날 하루에 말한 모든 말들이,
이미 죽은 사람들의 외마디 소리와
서로 안으며, 사랑했던 것이나 아니었을까?
그 꿈속에서……

하루의 언어를 위해, 나는 노래한다.
나의 노래여, 나의 노래여,
슬픔을 대신하여, 나의 노래는 밤에 잠잔다.

■
· 60. 1. 『자유문학』에 발표.
· 『자유문학』에 발표된 작품의 전문을 다음과 같이 밝힌다. 참고하기 바란다
  (편집자―註).

　　그러노라고
　　뭐라고 하루를 지껄이다가,
　　잠잔다 ―

바다의 침묵, 나는 잠잔다.
아들이 늙은 아버지 편지를 받듯이
꿈으로 꾼다.

바로 그날 하루에 말한 모든 말들이,
이미 죽은 사람들의 외마디 소리와
서로 안으며, 사랑했던 것이나 아니었을까?

그 꿈속에서……

하루의 언어를 위해, 나는 노래한다.
나의 노래여, 나의 노래여,
슬픔을 대신하여, 나의 노래는 밤에 잠잔다.

· 『주막(p.68)』 (민), 『천상(p36)』 (오), 『요놈(p.130)』 (답)에는 위의 시 2
  연, 3연, 4연을 붙여 한 연으로 수록하였는데 다음과 같다.

바다의 침묵, 나는 잠잔다.
아들이 늙은 아버지 편지를 받듯이
꿈을 꾼다.
바로 그날 하루에 말한 모든 말들이,
이미 죽은 사람들의 외마디 소리와
서로 안으며, 사랑했던 것이나 아니었을까?
그 꿈 속에서……

1) 『주막』, 『천상』, 『저승(p.97)』 (일), 『요놈』에는〔꿈을〕로 수록(위 인
  용부분 참조).

장마

내 머리칼에 젖은 비
어깨에서 허리께로 줄달음치는 비
맥없이 늘어진 손바닥에도
억수로 비가 내리지 않느냐,[1]
비여
나를 사랑해 다오.
저녁이라 하긴 어둠 이슥한[2]
심야(深夜)라 하긴 무슨 빛 감도는
이 한밤의 골목 어귀를
온몸에 비를 맞으며 내가 가지 않느냐,
비여
나를 용서해 다오.

■
· 61. 10. 『자유문학』에 발표.
· 『주막(p.69)』(민), 『천상(p.54)』(오), 『저승(p.125)』(일)에는〔비여 / 나를
  사랑해 다오. // 저녁이라 하긴 어둠 이슥한〕으로 연갈이를 하여 2연으로
  재수록.
1), 2) 『자유문학』에는〔않으냐,〕,〔익숙한〕으로 발표.

주막에서

― 도끼가 내 목을 찍은 그 훨씬 전에
   내 안에서 죽어간 즐거운 아기들 (잠 주네)

골목에서 골목으로
거기 조그만 주막집.
할머니 한 잔 더 주세요,
저녁 어스름은 가난한 시인의 보람인 것을……
흐리멍텅한 눈에 이 세상은 다만
순하기[1] 순하기 마련인가,
할머니 한 잔 더 주세요.
몽롱하다는 것은 장엄하다.
골목 어귀에서 서툰 걸음인 양
밤은 깊어 가는데,
할머니 등 뒤에
고향의 뒷산이 솟고
그 산에는
철도 아닌 한겨울의 눈이 펑펑 쏟아지고 있는 것이다.
그 산 너머
쓸쓸한 성황당 꼭대기,
그 꼭대기 위에서
함빡 눈을 맞으며, 아기들이 놀고 있다.
아기들은 매우 즐거운 모양이다.
한없이 즐거운 모양이다.

■

· 66. 6. 『현대시학』에 발표. 『새(p.77) (답)에 수록.

1) 『주막(p.71)』 (민), 『천상(p.23)』 (오), 『저승(p.73)』 (일), 『요놈(p.118)』 (답)
에는 [순하디]로 재수록.

간 봄

한 때는 우주 끝까지 갔단다.
사랑했던 여인
한 봄의 산 나무 뿌리에서
뜻 아니한 십 센티쯤의 뱀 새끼같이
사랑했던 여인.
그러나 이젠
나는 좀 잠자야겠다.

■

· 66. 7. 『시문학』에 발표.
· 『시문학』에 발표된 작품의 전문을 다음과 같이 밝힌다. 연 구분을
  참고하기 바란다(편집자—註).

한때는 우주 끝까지 갔단다.

사랑했던 여인

한봄의 산 나무 뿌리에서

뜻 아니한 십 센티쯤의 뱀 새끼같이

사랑했던 여인.

그러나 이젠

나는 좀 잠자야겠다.

삼청공원에서
— 어머니 가시다

1

서울에서 제일 외로운 공원으로 서울에서 제일 외로운 사나이가 왔다. 외롭다는 게 뭐 나쁠 것도 없다고 되뇌이면서…… 이맘때쯤이 그곳 벚나무를 만발하게 하는 까닭을 사나이는 어렴풋이 알 것만 같았다. 벚꽃 밑 벤치에서 滿山을 보듯이 겨우 의젓해지는 것이다. 쓸쓸함이여, 아니라면 외로움이여, 너에게도 가끔은 이와 같은 빛 비치는 마음의 계절은 있다고, 그렇게 노래할 때도 있다고, 말 전해다오.

2

저 벚꽃잎 속에는 십여 년 전 작고하신 아버지가 생전의 가장 인자했던 모습을 하고 포오즈를 취하고 있고, 여섯에 요절한 조카가, 갓핀 어린 꽃잎 가에서 파릇파릇 웃고 있는 것이다. 어머니, 어머니는 어디 계세요……

■

· 67. 7. 『자유공론』에 발표.

곡(哭) 신동엽

어느 구름 개인 날
어쩌다 하늘이
그 옆얼굴을 내어보일 때,

그 맑은 눈
한곬으로 쏠리는 곳
네 무덤 있거라.

잡초 무더기.
저만치 가장자리에
꽃, 그 외로움을 자랑하듯,

신동엽!
꼭 너는 그런 사내였다.

아무리 잠깐이라지만
그 잠깐만 두어두고
너는 갔다.

저쪽 저
영광의 나라로!

■
· 69. 6. 『현대문학』에 발표.

주일 • 1

오늘같이 맑은 가을 하늘 위
그 한층 더 위에, 구름이 흐릅니다.

성당 입구 바로 앞
저는 지금 기다리고 있읍니다.

입구 지키는 교통순경이
닦기 끝나면, 저도 닦으려고요.

교통순경의 그 마음가짐보다
저가 못한데서야, 말이 아닙니다.

오늘같이 맑은 가을 하늘 위
그 한층 더 위에, 구름이 흐릅니다.

■
· 69. 10. 『한국일보』에 발표.

주일 · 2[1]

1
그는 걷고 있었읍니다.
골목에서 거리로,
옆길에서 큰길로,

즐비하게 늘어선
상점과 건물이 있읍니다.[2]
상관 않고 그는 걷고 있었읍니다.

어디까지 가겠느냐구요?
숲으로, 바다로,
별을 향하여
그는 쉬지 않고 걷고 있읍니다.

2
낮에는 찻집, 술집으로
밤에는 여인숙.

나의 길은
언제나 꼭 같았는데……

그러나
오늘은 딴 길을 간다.

■
· 69. 11. 『현대시학』에 발표.
1) 『현대시학』에는 [주일]로 발표.
2) 『현대시학』에는 [었읍니다.]로 발표되었으나 [있읍니다]의 誤記로 보임(편집자—註).

회상 • 1[1]

아름다워라, 젊은 날 사랑의 대꾸는
어딜 가?
어딜 가긴 어딜 가요?

아름다워라, 젊은 날 사랑의 대꾸는
널 사랑해!
그래도 난 죽어도 싫어요!

눈 오는 날 사랑은[2] 쌓인다.
비 오는 날 세월은 흐른다.

■
· 69. 11. 『현대시학』에 발표.
1), 2) 『현대시학』에는 [회상], [세월은]으로 발표.

회상 · 2

그 길을 다시 가면[1]
봄이 오고,

고개를 넘으면
여름빛 쬐인다.

돌아오는 길에는
가을이 낙엽 흩날리게 하고,

겨울은 별 수 없이
함박눈 쏟아진다.

내가 네게 쓴
사랑의 편지.

그 사랑의 글자에는
그러한 뜻이, 큰 강물 되어 도도히 흐른다.

■

· 71. 2. 『월간문학』에 발표.
1) 『월간문학』에는 [가면은]으로 발표.

편지

점심을 얻어먹고 배부른 내가
배고팠던 나에게 편지를 쓴다.

옛날에도 더러 있었던 일,
그다지 섭섭하진 않겠지?

때론 호사로운 적도 없지 않았다.
그걸 잊지 말아주기 바란다.

내일을 믿다가
이십 년!

배부른 내가
그걸 잊을까 걱정이 되어서

나는
자네한테 편지를 쓴다네.

■
· 69. 11. 『현대시학』에 발표.

진혼가(鎭魂歌)
— 저쪽 죽음의 섬에는 내 청춘의 무덤도 있다 (니이체)

태고적 고요가
바다를 덮고 있는
그 곳.

안개 자욱이
석유불처럼 흐르는
그 곳.

인적 없고
후미진
그 곳.

새 무덤,
물결에 씻긴다.

■
· 69. 11. 『현대문학』에 발표.

국화꽃

오늘만의 밤은 없었어도
달은 떴고
별은 반짝였다.

괴로움만의 날은 없어도
해는 다시 떠오르고
아침은 열렸다.

무심만이 내가 아니라도
탁자 위 컵에 꽂힌
한 송이 국화꽃으로
나는 빛난다!

■

· 69. 11. 『현대시학』에 발표.

아가야

　해 뜨기 전 새벽 중간쯤 희부연 어스름을 타고 낙심을 이리처럼 깨물며, 사직공원 길을 간다. 행인도 드문 이 거리 어느 집 문밖에서 서너 살 됨직한 잠옷바람의 애띤 계집애가 울고 있다. 지겹도록 슬피 운다. 지겹도록 슬피 운다. 웬일일까? 개와 큰집 대문 밖에서 유리 같은 손으로 문을 두드리며 이 애기는 왜 울고 있을까? 오줌이나 싼 그런 벌을 받고 있는 걸까? 자주 뒤돌아보면서 나는 무심할 수가 없었다.

　아가야, 왜 우니? 이 인생의 무엇을 안다고 우니? 무슨 슬픔 당했다고, 괴로움이 얼마나 아픈가를 깨쳤다고 우니? 이 새벽 정처없는 산길로 헤매어 가는 이 아저씨도 울지 않는데……

　아가야, 너에게는 그 문을 곧 열어줄 엄마손이 있겠지. 이 아저씨에게는 그런 사랑이 열릴 문도 없단다. 아가야 울지 마! 이런 아저씨도 울지 않는데……

■

・70. 2. 『女苑』에 발표.

음악

　이것은 무슨 음악이지요? 새벽녘 머리맡에 와서 속삭이
는 그윽한 소리. 눈물 뿌리며 옛날에 듣던 이 곡의 작곡가
는 평생 한 여자를 사랑하다 갔지요? 아마 그 여자의 이름
은 클라라일 겝니다. 그의 스승의 아내였지요? 백 년 이백
년 세월은 흘러도 그의 사랑은 아직 다하지 못한 모양입니
다. 그래서 오늘 새벽녘 멀고 먼 나라 엉망진창인 이 파락
호의 가슴에까지 와서 울고 있지요?

■

· 70. 5. 『동아일보』에 발표.

귀천

— 주일(主日)

나 하늘로 돌아가리라
새벽빛 와 닿으면 스러지는
이슬 더불어 손에 손을 잡고,

나 하늘로 돌아가리라.
노을빛 함께 단둘이서
기슭에서 놀다가 구름 손짓하며는,

나 하늘로 돌아가리라.
아름다운 이 세상 소풍 끝내는 날,
가서, 아름다웠더라고 말하리라……

■

· 70. 6. 『창작과 비평』에 발표.

들국화

산등성 외따른 데,
애기 들국화.

바람도 없는데
괜히 몸을 뒤뉘인다.

가을은
다시 올 테지.

다시 올까?
나와 네 외로운 마음이,
지금처럼
순하게 겹친 이 순간이—

■
· 70. 6. 『창작과 비평』에 발표.

한낮의 별빛

— 새

돌담 가까이
창가에 흰 빨래들
지붕 가까이
애기처럼 고이 잠든
한낮의 별빛을 너는 보느냐……

슬픔 옆에서
지겨운 기다림
사랑의 몸짓 옆에서
맴도는 저 세상 같은
한낮의 별빛을 너는 보느냐……

물결 위에서
바윗덩이 위에서
사막 위에서
극으로 달리는
한낮의 별빛을 너는 보느냐……

새는
온갖 한낮의 별빛 계곡을 횡단하면서
울고 있다.

■

· 70. 6. 『창작과 비평』에 발표.

크레이지 배가본드

1
오늘의 바람은 가고
내일의 바람이 불기 시작한다.

잘 가거라
오늘은 너무 시시하다.

뒷시궁창 쥐새끼 소리같이
내일의 바람이 불기 시작한다.

2
하늘을 안고,
바다를 품고,
한 모금 담배를 빤다.

하늘을 안고,
바다를 품고,
한 모금 물을 마신다.

누군가 앉았다 간 자리
우물가, 꽁초 토막……

■

· 70. 6. 『창작과 비평』에 발표.

서대문에서

— 새

　지난날, 너 다녀간 바 있는 무수한 나무가지 사이로 빛은 가고 어둠이 보인다. 차가웁다. 죽어가는 자의 입에서 불어오는 바람은 소슬하고, 한번도 정각을 말한적 없는 시계탑침이 자정 가까이에서 졸고 있다. 계절은 가장 오래 기다린 자를 위해 오고 있는 것은 아니다.

　너 새여……

■

・70. 6. 『창작과 비평』에 발표.

미소

— 새

1

입가 흐뭇스레 진 엷은 웃음은,
삶과 죽음 가에 살짝 걸린
실오라기 외나무다리.

새는 그 다리 위를 날아간다.
우정과 결심, 그리고 용기
그런 양 나래 저으며……

풀잎 슬몃 건드리는 바람이기보다
그 뿌리에 와 닿아주는 바람,
이 가슴팍에서 빛나는 햇발.

오늘도 가고 내일도 갈
풀밭 길에서
입가 언덕에 맑은 웃음 몇 번인가는……

2

햇빛 반짝이는 언덕으로 오라
나의 친구여,

언덕에서 언덕으로 가기에는[1]
수많은 바다를 건너야 한다지만,[2]

햇빛 반짝이는 언덕으로 오라

나의 친구여……

■

· 70. 7. 『현대문학』에 발표.

1), 2) 『현대문학』에는 [가기에도], [한다지만은,]으로 발표.

나의 가난은

오늘 아침을 다소 행복하다고 생각는 것은
한 잔 커피와 갑 속의 두둑한 담배,
해장을 하고도 버스값이 남았다는 것.

오늘 아침을 다소 서럽다고 생각는 것은
잔돈 몇 푼에 조금도 부족이 없어도
내일 아침 일도 걱정해야 하기 때문이다.

가난은 내 직업이지만
비쳐오는 이 햇빛에 떳떳할 수가 있는 것은
이 햇빛에도 예금통장은 없을 테니까……

나의 과거와 미래
사랑하는 내 아들딸들아,
내 무덤가 무성한 풀섶으로 때론 와서
괴로왔음 그런대로 산 인생. 여기 잠들다. 라고,
씽씽 바람 불어라……

■
· 70. 7. 『詩人』에 발표.

김관식의 입관(入棺)

심통한 바람과 구름이었을 게다. 네 길잡이는.
고단한 이 땅에 슬슬 와서는
한다는 일이
가슴에서는 숱한 구슬.
입에서는 독한 먼지.
터지게 토(吐)해 놓고,
오늘은 별일 없다는 듯이
싸구려 관 속에
삼베옷 걸치고
또 슬슬 들어간다.
우리가 두려웠던 것은,
네 구슬이 아니라,
독한 먼지였다.
좌충우돌의 미학은
너로 말미암아 비롯하고,
드디어 끝난다.
구슬도 먼지도 못되는
점잖은 친구들아,
이제는 당하지 않을 것이니
되려 기뻐해다오.
김관식의 가을바람 이는 이 입관을.

■

· 70. 11. 『현대문학』에 발표.

간의 반란

육십 먹은 노인과 마주 앉았다.
걱정할 거 없네,
그러면 어쩌지요?
될 대로 될 걸세……

보지도 못한 내 간이
괘씸하게도 쿠데타를 일으켰다.
그 쪼무래기가 뭘 할까만은
아직도 살고픈 목숨 가까이 다가온다.

나는 원래 쿠데타를 좋아하지 않는다.
그 수습을
늙은 의사에게 묻는데,
대책이라고는 시간 따름인가!

■
· 70. 11. 『詩人』에 발표.

불혹(不惑)의 추석

침묵은 번갯불 같다며,
아는 사람은 떠들지 않고
떠드는 자는 무식이라고
노자께서 말했다.

그런 말씀의 뜻도 모르고
나는 너무 덤볐고,
시끄러웠다.

혼자의 추석이
오늘만이 아니건마는,
더 쓸쓸한 사유는
고칠 수 없는 병 때문이다.

막걸리 한 잔,
빈촌 막바지 대포집
찌그러진 상 위에 놓고,
어버이의 제사를 지낸다.

다 지내고
음복을 하고

나이 사십에,
나는 비로소

나의 길을 찾아간다.

■

· 70. 11.『詩人』에 발표.
· 『주막(p.98)』(민), 『천상(p.69)』(오), 『저승(p.44)』(일)에는 5, 6연
  이 한 연으로 재수록.

한 가지 소원

나의 다소 명석한 지성과 깨끗한 영혼이
흙 속에 묻혀 살과 같이
문드러지고 진물이 나 삭여진다고?

야스퍼스는
과학에게 그 자체의 의미를 물어도
절대로 대답하지 못한다고 했는데—

억지밖에 없는 엽전 세상에서
용케도 이때껏 살았나 싶다.
별다른 불만은 없지만,

똥걸레 같은 지성은 썩어 버려도
이런 시를 쓰게 하는 내 영혼은
어떻게 좀 안될지 모르겠다.

내가 죽은 여러 해 뒤에는
꾹 쥔 십 원을 슬쩍 주고는
서울길 밤버스를 내 영혼은 타고 있지 않을까?

■

· 70. 11. 『詩人』에 발표.

만추(晚秋)
— 주일(主日)

내년 이 꽃을 이을 씨앗은
바람 속에 덧없이 뛰어들어 가지고,
핏발 선 눈길로 행방을 찾는다.

숲에서 숲으로, 산에서 산으로,
무전여행을 하다가
모래사장에서 목말라 혼이 난다.

어린 양 한 마리 돌아오다.
땅을 말없이 다정하게 맞으며,
안락의 집으로 안내한다.

마리아.
나에게도 이 꽃의 일생을 주십시오.

■

· 70. 11. 『詩人』에 발표.

소릉조(小陵調)

— 70년 추석에[1]

아버지 어머니는
고향 산소에 있고

외톨배기 나는
서울에 있고

형과 누이들은
부산에 있는데,

여비가 없으니
가지 못한다.

저승 가는 데도
여비가 든다면

나는 영영
가지도 못하나?

생각느니, 아,
인생은 얼마나 깊은 것인가.

■
· 71. 2. 『월간문학』에 발표.

1) 『천상(p.63)』 (오), 『저승(p.42)』 (일), 『요놈(p.101)』 (답)에는 [추일 (秋日)에]로 재수록.

은하수에서 온 사나이

― 윤동주 論

1
깊은 밤
멍청히 누워 있으면
어디선가 소리가 난다.
방안은 캄캄해도
지붕 위에는
별빛이 소복히 쌓인다.
그 무게로 살짝 깨어난 것일까?
그 지붕 위 별빛 동네를 걷고 싶어도
나는 일어나기가 귀찮아진다.
가만히 귀 기울이면
소리가 난다.
무슨 소리일까?
지붕 위
별빛 동네 선술집에서
누가 한 잔하는 모양이다.
궁금해 귀를 쭈빗하면
주정뱅이 천사의 소리 같기도 하고,
도스토예프스키의 소리 같기도 하고,
요절한 친구들의 소리 같기도 하고……
아닐 게다.
저놈은
내 방을 기웃하는 도적놈이다.

그런데 내 방에는 훔쳐질 만한 물건이 없다.
생각을 달리해야지.
지붕 위에는 별이 한창이다.
은하수에서 온 놈일지도 모른다.
그래도 나는 겁이 안 난다.
놈도
이 먼데까지 와서
할 일 없이 나를 살피지는 않을 것이다.
들어오라 해도
말이 통하지 않을 텐데……
그런데도 뚜렷한 우리말로
한 마디 남기고
놈은 떠났다.
「아침 해장은 내 동네서 하시오」
건방진 자식이었는가 보다.

2
비칠 듯 말 듯
아스름히¹⁾ 닿아 오는
저 별은,
은하수 가운데서도
제일 멀다.
이억 광년도 넘을 것이다.
그 아득한 길을

걸어가는지,
버스를 타는지,
택시를 잡는지는 몰라도,
무사히 가시오.

■

· 71. 2.『월간문학』에 발표.
1)『월간문학』에는 [아소롬히]로 발표.

그날은
— 새

이젠 몇 년이었는가
아이론 밑 와이셔츠 같이
당한 그날은······

이젠 몇 년이었는가
무서운 집 뒷창가에 여름 곤충 한 마리
땀 흘리는 나에게 악수를 청한 그날은······

내 살과 뼈는 알고 있다.
진실과 고통
그 어느 쪽이 강자인가를······

내 마음 하늘
한편 가에서
새는 소스라치게 날개 편다.

■
· 71. 2. 『월간문학』에 발표.

꽃의 위치에 대하여

꽃이 하등 이런 꼬락서니로 필 게 뭐람
아름답기 짝이 없고 상냥하고 소리 없고
영 터무니없이 초대인적(超大人的)이기도 하구나.

현명한 인간도 웬만큼 해서는 당하지 못하리니……
어떤 절색황후께서도 되려 부끄러워했을 것이다.
이런 이름 짓기가 더러 있었지 않는가 싶다.

미스터 유니버시티일지라도 우락부락해도……
과연 이 꽃송이를 함부로 꺾을 수가 있을까……
한다는 수작이 그 찬송가가 아니었을까……

■
· 1971. 8. 『현대문학』에 발표.

이스라엘 민족사
— 주일(主日)

　볼프간크 헤겔은 〈역사철학〉 개념 정립 때문에 각 민족의[1] 역사를 두루 살폈습니다. 그 나라 그 민족만의 냄새가 안 나는, 가장 보편적인 인류의 역사와 맞먹는, 민족사를 찾았습니다. 누가 영국사를 권했지요. 불만이었습니다. 헤겔은 드디어 히브리사 이스라엘 민족사로서 비로소 〈역사철학〉 개념 정립의 터전을 닦았습니다.『구약』이지요? 그 간난과 고초지요? 하나님, 저의 지난날, 내일도 살아갈 연월이 이스라엘 민족사이고자 원하며 웁니다.

■
■

・71. 8.『현대문학』에 발표.
1)『현대문학』에는 [각 국 각 민족의]로 발표.

광화문에서

　아침길 광화문에서 〈눈물의 여왕〉 그녀의 장례 행진을 본다.
만장이 나부끼고, 악대가 붕붕거리고, 여러 대의 차와 군중이 길
을 메웠다. 나는 곰곰이 생각해 보았다. 죽은 내 아버지도 〈눈물
의 여왕〉 그녀의 열렬한 팬이었댔지 …… 아니다. 그런 것이 아
니다. 문인들 장례식도 예총광장에서 더러 있었다. 만장도 없고,
악대는커녕, 행진은커녕 아주 형편없는, 초라하기 짝이 없는 모
임이었다. 그 초라함을 위해서만이 그들은 〈시〉를 썼다.

■

· 71. 8. 『현대문학』에 발표.

편지

1
아버지 어머니, 어려서 간 내 다정한 조카 영준이도, 하늘나무 아래서 평안하시겠지요. 그새 시인 세 분이 그 동네로 갔습니다. 수소문해 주십시오. 이름은 조지훈 김수영 최계락입니다. 만나서 못난 아들의 뜨거운 인사를 대신해 주십시오. 살아서 더없는 덕과 뜻을 저에게 주었습니다. 그리고 자주 사귀세요. 그 세 분만은 저를 욕하진 않을 겝니다. 내내 안녕하십시오.

2
아침 햇빛보다
더 맑았고

전세계보다
더 복잡했고

어둠보다
더 괴로웠던 사나이들,

그들은
이미 가고 없다.

■

· 71. 8. 『현대문학』에 발표.

바다생선

바다 생선은 각종각류(各種各類)이지만
무엇보다 바닷물이 선결(先決) 조건이다.
하기야 우리를 비롯한 인간도 수분이 꽉 차 있다.

플랑크톤이 제일 작은 생선일 것이다.
힘이 약하고 작은 것은
유력(有力)하고 덩치가 큰 놈이 처먹게 마련.

인류의 플랑크톤은
어떻게 잔존(殘存)할 수가 있었던 것일까?
불가사의한 사업이다.[1]

맛도 괜찮고 양분소도 많다.
칼로리는 오징어가 많다는데
알다가도 모를 만한 일이다.

나는 생선을 매우 입에 알맞다고
밥때마다 먹고 즐기지만,
선조의 시초(始初)라고 생각하면 언짢다.

■
1) 『주막(p.166)』 (민)에는 [사실이다]로 재수록.

역(易)

　　대광(大鑛)하고 애오라지 격막(隔漠)하신 하느님의 나라
에는
　　관건(觀建)하신 망법(望法)이 있느니라.
　　노자(老子)를 비롯하여 도학자들과 그 제자들은,
　　비로소 그 도학자(道學者)들은 그 술법을 가르쳤는지라.
　　중화(中華)의 여러 백성들은
　　일깨우침이 다대(多大)하였는지라.
　　평태평(平太平)이 간간이 장구하였도다.

무제(無題)

모래알 사장이 깔렸고
모래알은 너무도 지나치게 적다.
모래는 물결과 더불어 한군데로 몰려드누나.
큰 배는 항구의 바다로 직접 흘러 들어오고,
작은 물결이 실같이 가운데로 들고,
큰 골짜기는 근처의 계곡에 있었다.

砂甚小粒 砂流壹直
船入港入 波濤極甚
小波點中 大谷間溪

조류(潮流) • 1

　　조류라는 제목으로 시를 쓰고 싶었던 것은 옛날부터다.
원인이 무엇이건대 조류현상이 일어나는 것일까. 불가사
의라고 하지 않을 수 없다. 불가시(不可視)의 물자체이지만
은 인간이 아닌 딴 동물들 특히 새들을 볼 수 있는 게 아닐
까. 그러기에 조류 위에 오면 일부러 수면에 뜬다고 하지
않는가. 인류의 최고고원(最高故原)이 아닐까 한다. 나비들
이 봄철에 꽃밭을 찾아가 보듯이 갈매기는 조류 속에 잠겨
보고싶어 하는 게 아닐. 그 원시(原始) 기분은 알고도 남
는다.

조류(潮流) • 2

　이 조류란 놈의 길이는 얼마만큼 장거리일까. 폭은 또한 얼마
나 될 것이냐. 같은 거리를 시종일관(始終一貫)해서 왕래하고 있
는 게 아닐까. 아니다. 유역(流域)은 있다. 있기는 있되 어느쪽인
지는 도방 알길이 없구나. 꼭 선사기(先史期) 이전의 신화시대(神
話時代)를 눈앞에 방불하는 것 같다. 그 당시의 인물들처럼 똑똑
하게 떠오른다. 그러니 그 당시의 바다가 똑바로 조류가 아니었
드냐. 자기자신의 깊숙한 심정(心情)처럼 유쾌하고 선명했을지도
모른다.

조류(潮流) • 3

동계여객(冬季旅客)이 밥을 못 얻어먹고 건건이
어디론가 가듯 물결은 그저 느릿느릿이 전문(專門)이다.
원기가 있으면 역도산같이 달리겠구만.
올봄에는 어느 편지를 받을 모양인가.
노모고독(老母孤獨)을 잊지 못한 큰아들의 작란(作亂)같이
젊은 장년(壯年)은 미혼인 채 초열(焦熱)에 허덕인다.
젊은 장년놈은 이때 마침 동양사도
책이라고는 최근의 것이 있을 뿐이라서
고초가 많구만 다만 조류의 느림보를 닮아간다.

조류(潮流) • 4

플랑크톤이 풍부하게 들락거리겠구만
어선의 노부는 별로 근심거리가 없는 양
되려 미소를 지으며 태연하기만 하다.

조류는 마치 품행방정한 여대생 생도같이
눈깔 하나 꺼떡 안 하고 진검(眞劍)한 태도인데……
그 까닭의 근본 사유는 무엇을 예측하는 걸까?

아무래도 천기에 무슨 사고가 있는 게 아닐까
태풍이라도 무섭게 회오리친다면
친구들과 함께 어디로 도피해야 할까?

詩　제2부
1972년~1979년

제2부에 묶인 시는 시집 『주막』(민), 『천상』(오), 『저승』(일), 『요놈』(답), 『나』(청)과 시집에 묶이지 않은 작품 중에서 재수록 작품과 이 기간에 쓰여지지 않은 작품으로 밝혀진 것을 제외한 나머지를 시집 간행년도 순으로 싣고 연작 및 동일제목의 작품은 제1부와 같은 기준으로 실었다. 그리고 시집에 묶이지 않은 작품은 맨 뒤에 수록하였다(뒷면 작품목록 참조).

■시집 『주막』(민)에 실린 작품목록.
눈/내 집/수락산변(水落山邊)/수락산하변(水落山下邊)/수락산하변(水落山下邊)·5/서울, 평양 직통전화·8/비/비·7/비·8/비·9/비·10/비·11/고목·2/적십자회담/봄소식/바다/동그라미/계곡물/선경(仙境)/선경(仙境)·1/선경(仙境)-다람쥐/약수터/변두리/8월의 종소리/시냇물가·2/시냇물가·3/시냇물가·5/심신록(心信錄)·1/인생서가(人生序歌)·2/인생서가(人生序歌)·3/땅/밤비/동창(同窓)/낚시꾼/희망음악/길/넋/기쁨/계곡/희망/길/촌길/흰구름/항복/계곡흐름/꽃은 훈장/무덤/바위/밤하늘/달/

■시집 『천상』(오)에 실린 작품목록.
비(p.121)/북창(北窓)/나무/마음 마을/구름/교황 바오로 6세 서거(逝去)/바람에게도 길이 있다

■시집 『저승』(일)에 실린 작품목록.
눈(眼)/비오는 날

■시집 『요놈』(답)에 실린 작품목록.
서울, 평양 직통전화·27/길·1/무위(無爲)·1/해변(海邊)·2/송(頌)브라암스/아주 조금/연기/아기비/새벽/산소의 어버이께/소야(小夜)/집·1/집·2/집·4/집·5/노도(怒濤)/노도(怒濤)·1/백제(百濟)·1/백제(百濟)·3/인도(印度)/인도(印度)·2/인도(印度)·3/하늘위의 일기초(日記抄)/하늘위의 일기초(日記抄)/하늘위의 일기초(日記抄)/어머니 변주곡(變奏曲)/어머니 변주곡(變奏曲)·4/허상(虛像)/허상(虛像)·2/허상(虛像)·4/친구/친구·1/친구·2/친구·3/친구·4

■시집에 실리지 않은 작품목록.
교외의 냇물가에서/간(肝)/비발디/하느님/오순이양 굳세어라/어느 결혼식/구름 위

눈

고요한데 잎사귀가 날아와서
네 가슴에 떨어져 간다

떨어진 자리는
오목하게 파인

그 순간 앗 할 사이도 없이
네 목숨을 내보내게 한
상처 바로 옆이다

거기서 잎사귀는
지금 일심으로
네 목숨을 들여다보며 너를 본다

자꾸 바람이 불어오고
또 불어오는데
꼼짝 않고 상처를 지키는 잎사귀

그 잎사귀는 눈이다 눈이다
맑은 하늘의 눈 우리들의 눈 분노의
너를 부르는 어머니의[1] 눈물어린 눈이다

■

· 74. 8. 『현대시학』에 발표.

· 『현대시학』에는 2, 3연이 한 연으로, 3연 3행도 2행 뒤에 붙어 한 행으로 게재되었는데 다음과 같다.

떨어진 자리는
오목하게 파인
그 순간 앗 할 사이도 없이
네 목숨을 내보내게 한 傷處바로 옆이다

1) 『저승(p.165)』 (일)에는 [어머님의]으로 재수록.

내 집

　누가 나에게 집을 사주지 않겠는가? 하늘을 우러러 목터지게 외친다. 들려다오 세계가 끝날 때까지…… 나는 결혼식을 몇 주 전에 마쳤으니 어찌 이렇게 부르짖지 못하겠는가? 천상의 하나님은 미소로 들을 게다. 불란서의 아르투르 랭보 시인은 영국의 런던에서 짤막한 신문광고를 냈다. 누가 나를 남쪽 나라로 데려가지 않겠는가. 어떤 선장이 이것을 보고, 쾌히 상선에 실어 남쪽 나라로 실어주었다. 그러니 거인처럼 부르짖는다. 집은 보물이다. 전세계가 허물어져도 내 집은 남겠다……

수락산변(水落山邊)

풀이 무성하여, 전체가 들판이다.
무슨 행렬인가 푸른나무 밑으로.
하늘의 구름과 질서있게 호응한다.

일요일의 인열(人列)은 만리장성이다.
수락산정으로 가는 등산행객.
막무가내로 가고 또 간다

기후는 안성마춤이고,
땅에는 인구(人口).
하늘에는 송이 구름.

수락산하변(水落山下邊)

하늘은 천국의 멧세지.
구름은 번역사.
내일은 비다.

수락산은, 불쾌하게 돌아앉았다.
등산객은 일요일의 군중.
수목은 지상의 평화.

초가는 농가의 상징.
서울 중심가는 약 한 시간.
여기는 그저 태평천하다.

나는 낮잠자기에 일심(一心)이다.
꿈에서 멧세지를 번역하고,
용이 한 마리, 나비가 된다.

수락산하변(水落山下邊) • 5

우리 집도 초가요 옆집도 초가야.
우리 집 주인은 서울 백성.
옆집 사람과는 인사한 적이 없다.

길을 건너고 대하고 있으니,
옆집의 위치는,
아프리카 대륙이다.

우리 집에는 주인말고도 세 가구가 있다.
그러니 인구밀도가 국제적이다.
무려, 열네 사람이나 되니.

우리 집은 한 마리밖에 없는 개를 팔다니,
신문에 나는 개발도상국가인가?
옆집은 TV안테나가 섰으니,
선진국이다.

나는 우리 집 주인의 이름도 알고,
친절하기가 극진하지마는,
옆집 주인은 〈예수-그리스도〉인가?

서울, 평양 직통전화 • 8

밤 입구(入口) 때에
밤버스를 타게 된 것도
예정보다 빨리 떠나주는 것도
차장들이 매우 인정스레 구는 것도
정류소마다 울타리의 승객이 소리없는 것도
동승(同乘)여자가 한결같이 미인인 것도
같이 탄 아내가 오늘따라 예쁘장한 것도
아내가 내 손아귀를 만지는 것도
부끄럽지 않고 되려 떳떳한 것도
거지반 목적지에 가까워진 것도
버스 속력이 평소보다 빠른 것도
상계동에 와서 서 주는 것도
모조리 요새야말로 들리기 시작한 굉장히 좋은 소식 덕분
인가…

서울, 평양 직통전화 • 27

얍삭하게 뭉클덮인 구름면이,
달빛으로 환하게 비친다.
정말이지 얍삭한 구름뭉치구나.
구름사이에 운하(運河)이듯한 하늘 강물이 푸르고,
마치 하늘나라 선녀(仙女)이기도 하고,
천사(天使)의 숨박꼭질이기도 하고,
하느님의 외출이기도 하고,
세계지도이기도 하고,
숲을 멀리 바라보는 듯도 하고,
도저히 구름이면서도
아예, 그런 냄새도 안나게 아름답다.
구름이 예술품이라는 것을,
이제 알겠다.
이것도 좋고 기쁜 소식의 혜존(惠存)이다.

비

부슬부슬 비내리다.
지붕에도 내 마음 한구석에도—
멀고 먼 고향의 소식이
혹시 있을지도 모르겠구나……
아득한 곳에서
무슨 편지라든가……
나는 바하의 음악을 들으며
그저 하느님 생각에 잠긴다.
나의 향수(鄕愁)여 나의 향수여
나는 직접 비에 젖어보고 싶다.
향(鄕)이란 무엇인가,
선조(先祖)의 선조의 선조의 본향(本鄕)이여
그곳은 어디란 말이냐?
그건 마음의 마음이 아닐런지—
나는 진짜가 된다.

■

· 75. 11. 『현대문학』에 발표.
· 『현대문학』에는 작품 끝 부분이 [그건 마음의 마음이 아닐런지— /
  떨어지는 비를 보면 / 나는 진짜가 된다.]로 발표.

비

2
저 구름의 연연(連連)한 부피는
온 하늘을 암흑대륙으로 싸았으니
괴묵(怪默)은 그냥, 비만 내리니 천만다행이다.
지금 장마철이니

저 암흑대륙에 저 만리장성이다.
우뢰소리 또한 있을 만하지 않은가.

우주야말로 신비경이 아니냐?
달과 별은 한낮엔¹⁾ 어디로 갔단 말이냐?
비는 그 청신호인지 모르지 않느냐?

3
새벽같이 올라와야 했던
이 약수는
몇 월 며칠의 빗물인지도 모르겠다.

산과 옆의 바다는 알 터이나,
하늘과 구름은 뻔히 알겠지만,
입이 없으니, 안타까울 따름이다.

이 약수를 마시는 데는 지장이 없고,
맛이 달라질 수는 없을 것이니

재수형통만 빌 뿐이다.

4
상식적으로 비는 삼라만상 위에 내린다.
그런데 지붕뿐인 줄 알고,
내실의 꽃병은 아니 맞는 줄 안다.

생각해 보라
삼라만상은 이 우주의 전부이다.
그러니 그 꽃병도 한참 맞고 있는 것이다.

생리는 그 꽃병을 안 맞게 하지만
실존은 그 꽃병의 진짜 정신을
지붕 위에 있게 하여 비를 맞는 것이다.

5
물의 원소는
수소 두 개와 산소이지만
벌써 중학생 때 익히[2] 알았다.

그런데 알 수 없는 것은
그 수소와 산소 뒤에는
도대체 무엇이 들어 있단 말인가......

공포할 만한 야수가 들어 있다.
수소 뒤에는 수소폭탄이,
산소 뒤에는 원자폭탄이......

6
나는 국민학교 때는
비가 오기만 하면
학교엘 가지 아니하였다.

이제는 천국에 가신 어머니에게
한사코 콩을 볶아달라고 하여
몸이 아프다고 핑계했었다.

이제는 나가겠으나
이미 나이가 사십이니
이 세계를 거꾸로 한들 소용이 없다.

■
1), 2) 『저승(p.117) (일)』에는 [대낮에], [익혀]로 재수록.

비 · 7

8월 장마비는 늦은뱅이다.
농사에는 알맞아 들 테지마는,
인간에겐 하찮은 쓰레기일 것이니……

먼데 제주도 생각이 불현듯 나니……
아직 한 번도 못 가본 제주도여,
마치 런던 옆에나 있는 것이 아니냐.

애오라지 못 갈 바에야,
바닷가로나 가서 먼데까지 가야지……
그러면은 그 섬 향기가 날지도 모른다.

■

· 72. 가을호 『창작과 비평』에 발표.

비・8

백두산 천지에는
언제나 비가 쏟아진다드냐……
단군 할아버지께서 우산을 쓰셨겠다.

압록강의 원류가 큰소리를 칠 것이니
頂岩이 소용돌이를 쳐
범조차[1] 그 공포에 흐늘흐늘일 것이다.

백운을 읊는 고전시는 있어도,
이 산을 읊는 고전시는 없었다.
그러니 내가 읊는 수밖에 없지 않느냐.

■
· 72. 가을호.『창작과 비평』에 발표.
1)『저승(p.122)』(일)에는 [범조차]로 재수록.

비 • 9

나뭇잎이 후줄근히 비를 맞는다.
둥치도 맞고 과일도 그러하다.
표면이란 표면은 같은 운명이다.

냇물도 맞으니
이건 손자가 할아버지하고 악수하는 격이다.[1]
동내(洞內) 사람들이 보고 흐뭇할 수밖에……

숲속 부락은 축제나 마찬가지다.
아낙네들은 내일 일을 미리 장만하고,
남편들은 아람드리 술 퍼먹기에 바쁘다.

■

· 72. 가을호.『창작과 비평』에 발표.
1)『저승(p.123)』(일)에는 [것이다.]로 재수록.

비 • 10

이 비는 무적함대
나는 그 사령관인 양 바다를 호령하여,
승리를 위하여 만전을 다한다.

실지로는 우산을 받치고 길을 가지마는.
옆가의 건물들이 군함으로 보이고,
제독은 외로이 세상을 감시한다.

가로수들이 마스트로 보이고,
그 잎잎들이 신호기이니,
천하만사가 하느님 섭리대로 나부낀다.

■
· 72. 가을호. 『창작과 비평』에 발표.

비 • 11

빗물은 대단히 순진무구하다.
하루만 비가 와도,
어제의 말랐던 계곡물이 불어 오른다.

죽은 김관식은
사람은 강가에 산다고 했는데,
보아하니 그게 진리대왕이다.

나무는 왜 강가에 무성한가
물을 찾아서가 아니고
강가의 정취를 기어코 사랑하기 때문이다.

■

· 72. 가을호. 『창작과 비평』에 발표.

고목 · 2

이 고목은 볼수록
하늘 날씨를 지시하는 것 같다.
오늘은 맑은 날씨다.

내 그늘이 길다.
바둑이가 신기한 듯, 쳐다본다.
꼬리를 살살 흔든다.

날씨까지 지시하니,
무엇을 못 할 것인가……
말을 못 하는 게 안타까울 뿐이다.

적십자회담

평양에서,
일차회의가 열리고,
서울에서
이차회의가 열렸다.
남북대화는
깊어간다.
이산가족보다 중요한 건,
오천만 염원이다.
그 염원은,
피와 땀 위에 맺힌다.
대표들이,
푸짐한 대접을 받았다니,
그건 꼭,
서로의 통일에 대한,
간절한 생각이다.

봄소식

입춘이 지나니 훨씬 덜 춥구나!
겨울이 아니고[1] 봄 같으니,
달력을 아래 위로 쳐다보기만 한다.

새로운 입김이며,[2]
그건 대지의 作亂인가!
꽃들도 이윽고 만발하리라.

아슴푸레히 반짝이는 태양이여.
왜 그렇게도 외로운가.
북극이 온지대(溫地帶)가 될 게 아닌가.

■
1), 2) 『저승(p.151)』(일)에는 [지나고], [입김이여,]로 재수록.

바다

냇물은 흘러서 바다로 간다.
바다는 거의 맘먹을 수 없을 만큼 넓고 크다.

이 큰 바다에는 쉼없이 플랑크톤이 있고,
이 플라크톤을 습격하는 고기들,
그 고기들이 많은 곳이다.
내일은 풍어기를 맞는 배의 대군이
할일없이 나다닐 것이다.

동그라미

동그라미는 여자고 사각은 남자다.
동그라미와 사각형을 두 개 그리니까
꼭 그렇게만 보여진다.

상냥하고 자비롭고 꾸밈새 없는
엄마의 눈과 젖
손바닥과 얼굴이 다 둥글다.

울뚝불뚝하고
매서운 아버지의 눈과 입,
손목과 발힘이 네 개나 된다.

계곡물

평면적으로 흐르는 의젓한 계곡물.
쉼 없이 가고 또 가며,
바다의 지령대로 움직이는가!
나무 뿌리에서 옆으로 숨어서 냇가에 이르고,
냇가에서 아래로만 진군하는 물이여

사랑하는 바위를 살짝 끼고,
고기를 키우기도 하며,
영원히 살아가는 시냇물의 생명이여!

선경(仙境)

이 빗물은 바위와 바위틈 사이로
흘러가는 이 물덩이는 진청미(眞淸味)한 소질액(素質液) ─.
밑바닥 돌이 다이아몬드인 양 조명적이다.
심산 골짜기 정치(靜致)에 물은 수정 같으니……
생명의 근원을 지배하듯 하는 것은
바다의 무게보다 더 중량감이 있다
사람이 산보하듯 물은 아래로 흐른다.
바다의 무게보다 더 중량감이 있다
사람이 산보하듯 물은 아래로 흐른다.
그 도중에 전시된 흥망성쇠는
물이 기어이 영원으로, 영원으로 흐르는 것을 모른다.

선경(仙境) • 1
― 풀

이 풀의 키는 약 1척이나 된다.
잎을 미묘히 늘어뜨린 모양은,
궁녀 같기도 하고 황후 같기도 하다.

빛깔은 푸른데 그냥 푸른 것이 아니고
농염미가 군데군데 끼인 채,
긴 잎을 늘어뜨리니 가관이다.

엷은 느낌이 날개 있으면 날 것 같고
유독히 그 자리에 자라난 것은,
흙 속에 뿌리박은 뿌리의 은덕이다.

■

· 73. 12. 『현대문학』에 발표.

선경(仙境)
— 다람쥐

이 새벽에 다람쥐는 왜 일찍 깨어나는가 —
엄마꿈을 꾸다가 불시에 깨어난 게 아닐까?
계곡 가에 있는 것은 세수생각 때문이 아닐까?

옆의 아내 말을 따르면,
다람쥐는 알밤과 도토리를 잘 먹는다는데,
그건 식량으로서가 아니라 진미로서가 아닐까?

나뭇가지를 빨리 가는 동태는,
무구한 작란이요, 순진한 스포츠다.

■

· 74. 9. 『현대문학』에 발표.
· 『현대문학』에는 「다람쥐」, 「약수터」라는 두 개의 소제목으로 구성되었으나
  「약수터」는 시집 『주막』 (민)에 묶이면서 독립된 시로 수록.
· 마지막 연은 『현대문학』에 다음과 같이 발표되었다.

    나뭇가지를 빨리 가는 동태는,
    무구한 作亂氣요, 순진한 스포츠다.
    나뭇가지는 그들의 고속도로다

약수터

내가 새벽마다 가는 약수터 가에는
천하선경이 아람드리 퍼진다.
요순(堯舜)이 놀까말까한 절대미경이라네.

하긴 그곳에 벌어지는 사물은 평범하지만,
나무, 꽃, 바위, 물, 등등이지만,
그 조화미의 화목색(和睦色)은 순진하다네.

반드시 있을 곳에 자리잡고 있고,
운치와 조화와 빛깔이 혼연일치하니,
이 세계의 극치를 이루었다.

■

· 74. 9. 『현대문학』에 발표.
· 『현대문학』에 발표될 때는 「仙境」이란 작품 속에 하나의 소제목으
  로 구성되었으나 시집 『주막』 (민)에 묶이면서 독립된 작품으로 수
  록.
· 『저승(p.112)』 (일)에는 2연 2행 [나무, 꽃, 바위, 물, 등등이지만,]이
  삭제.

변두리

이 근처는 버스로 도심지까지 가려면
약 한 시간이 걸리는 변두리.
수락산 아랫마을이다.

물 좋고 산 좋은 이곳,
사람도 두터운 인심이다.
그래서 살기 좋은 고장이다.

오늘은 부실 보실 비가 오는데,
날은 음산하고 봄인데도 춥다.
그래서 나는 이곳이 좋아 이곳이 좋아.

8월의 종소리

저 소리는 무슨 소리일까?
땅의 소리인가?
하늘 소리인가?

한참 생각하니, 종소리.
멀리 멀리서 들리는 소리.

저 소리는 어디까지 갈까?
우주 끝까지 갈지도 모른다.
땅속까지 스밀 것이고,
천국에서도 들릴 것인가?

시냇물가 • 2

풍경이 아름답게 펴진 것은 인류의 운명이다.
이 운명의 상한체(上限體)는 별이고,
하한체(下限體)는 지구의 한복판에 이른다.

강물과 계곡은 이 풍경의 핵이며
유동하는 지구 표면의 절색이며
사람들에게 끊임없는 용기를 주어왔다.

별과 지구는 이 우주의 한 부분이고
강물과 계곡은 미색(美色)이고
바다는 이 지구의 철학인 것을……

시냇물가 • 3

이 시냇물은
수락산에서 발류(發流)하였으니
기어코 한강에 삽입할 것임에 틀림없다.

그러니 서울의 혈로(血路)요 수류(水流)이다.
시민들이 모름지기 그 덕화를 입을 것이니
인격과 품성이 월등할 까닭이다.

기어이 바다에 들 것이니
세계 칠해(七海)는 서울 시민과는 무관하지 않다.
왜 수락산정에 등산객이 가는가……

시냇물가 • 5

시냇물이 세차게 흘러가며
심지어 파도나 파도를 쳤다.
바위에 부딪쳐, 물결이 거세게 화를 냈다.

어제와 지난밤에 비가 억수로 왔으니
산에 내린 물이 소나무 밑으로 헤매다가
드디어 계곡에 집합하여 이 꼴이다.

산세와 지세가 바다보다 높아서
자연히 밑으로 물이 흐를 수밖에,
그렇지만 오늘같이 노도(怒濤)를 치는 것은 처음이다.

■
· 『저승(p.126)』(일)에는 1련 2행이 [심지어 파도를 쳤다.]로 재수록.

심신록(心信錄) • 1

신심이 보통인데,
나는 왜 가꾸로 심신인가?
유다른 까닭은 다음에……

믿는 마음이 아니고,
나는 마음을 믿는다.
마음을 굳게 굳게 믿는다.

내게는 믿는 마음밖에 없고,
천부(賤富)도[1] 없고,
가진 것이 없는 바이다.

■

1) 『저승(p.136)』 (일)에는 [재부도]로 재수록.

인생서가(人生序歌) • 2

인생이란 무엇이며,
인생이란 철학은 어떻게 말하는가.
인생이란 궁극적으로 무엇인가⋯⋯.

개미는 땅을 기게 마련이며,
나비는 하늘하늘 날아다니게 마련이다.
자연은 그런대로 섭생인 것이다.

기(旗)도 나부끼고 꽃도 나부끼고,
공명(功名)도 있고 폐가(廢家)도 있으니,
나의 영광은 오직 고독일 따름이다.

인생서가(人生序歌) • 3

격언은 진리 이상이야,
진리는 합리주의 의존이고
인생은 진리의 수박 겉핧기이다.

인간은 체험만이 그것에 반역한다.
경력은 흥망성쇠의 골짜구니.
모든 자리는 세월의 악세사리.

내 친구는 거의 모든 것에,
통달했지만 모습이 바보고,
인생은 바보까지 관대하게 처분한다.

땅

나도 땅을 가지고 싶다.
내가 좋아하는 민병하 선생님도
수원 근처에 오천 평이나 가졌는데……

싼 땅이라도 좋으니
한 평이라도 땅을 가지고 싶다.
땅을 가졌다는 것은 얼마나 좋으랴……

땅을 가지고 싶지만,
돈이 있어야 한다.
돈을 많이 벌어야 겠다.

땅을 가지고 있으면,
초목을 가꾸고,
꽃을 심겠다.

밤비

밤비가 차갑게 내린다.
하늘을 적시고,
공기를 적시고, 땅을 적시고—

내일도 내릴는지
모레도 다소 내리게 될지 —
그것을 내가 어이 알리오?

차가운 밤비가 소릇이 내린다.
나는 저 밤비에
다소곳이 젖어보고 싶다.

동창(同窓)

지금은 다 뭣들을 하고 있을까?
지금은 얼마나 출세를 했을까?
지금은 어디를 걷고 있을까?

점심을 먹고 있을까?
지금은 이사관이 됐을까?
지금은 가로수 밑을 걷고 있을까?

나는 지금 걷고 있지만,
굶주려서 배에서 무슨 소리가 나지마는
그들은 다 무엇들을 하고 있을까?

■
· 74. 4. 『문학사상』에 발표.
· 『문학사상』에는 3연 1행을 [나는 지금은 굶고 있지만,]으로 발표.

낚시꾼

일심(一心)으로 찌를 본다.
열심히 보는 찌는 꽃과 같다.
언제 나비처럼 고기가 올까?

조용하디 조용한 강가
아무도 안 보는 데서
나는 정신의 호흡을 쉴 줄 모른다.

드디어 찌가 움찍하더니
나는 고기 한 마리의 왕
승리한 양 나는 경치를 본다.

희망음악

KBS라디오의 희망음악은,
아침 9시 5분에서 10시까지인데,
나는 매일같이 기어코 듣는다.

고전음악의 올림픽이요 대제인,
고전음악시간을 내가 듣는 것은,
진짜로 희망이 우러나는 까닭이다.

나는 바하와 브람스를 좋아하는데,
바하는 나왔으나 브람스가 안 나왔다.
내일은 브람스가 나올 테지요.

길

가도 가도 아무도 없으니
이 길은 무인(無人)의 길이다.
그래서 나 혼자 걸어간다.
꽃도 피어 있구나.
친구인 양 이웃인 양 있구나.
참으로 아름다운 꽃의 생태여 ―
길은 막무가내로 자꾸만 간다.
쉬어 가고 싶으나
쉴 데도 별로 없구나.
하염없이 가니
차차 배가 고파온다.
그래서 음식을 찾지마는
가도 가도 무인지경이니
나는 어떻게 할 것인가?
한참 가다가 보니
마을이 아득하게 보여온다.
아슴하게 보여진다.
나는 더없는 기쁨으로
걸음을 빨리빨리 걷는다.
이 길을 가는 행복함이여.

길

길은 끝이 없구나
강에 닿을 때는
다리가 있고 나룻배가 있다.
그리고 항구의 바닷가에 이르면
여객선이 있어서 바다 위를 가게 한다.

길은 막힌 데가 없구나
가로막는 벽도 없고
하늘만이 푸르고 벗이고
하늘만이 길을 인도한다.
그러니
길은 영원하다.

길·1

옛날에는 도학자(道學者)들이 있어서
죽림칠현(竹林七賢)이니 하여 소풍하였다.
강변같은 명산대처(名山大處)에서 왕초들이었다.

길이라고 어리석게 인식할 것이 아니다.
도대체 어디서 시작하고 끝나는 것인지 알똥말똥이다.
옆으로 길다랗다 뿐이다.

이 마을에서 저 마을로 가기에도
꾸불꾸불 길을 따라가고,
사람은 버러지처럼 길에 밀착(密着)되었다.

닮은 것은 강이다.
상류에서 하류로 하구(河口)에서 바다로,
다르다면 고기들이 있다는 것 아닌가!

다리를 건너면 또 계속하여 길이니,
길은 이 지상의 왕초다.
해의 궤적(軌跡)조차 자리는 없다.

넋

넋이 있느냐 없느냐, 라는 것은,
내가 있느냐 없느냐고 묻는 거나 같다.
산을 보면서 산이 없다고 하겠느냐?
나의 넋이여
마음껏 발동해 다오.
내 몸의 모든 움직임은,
바로 내 넋의 발동일 것이니,
내 몸은 바로 넋의 가면이다.
비 오는 날 내가 다소 우울해지면,
그것은 즉 넋이 우울하다는 것이다.
내 넋을 전세계로 해방하여
내 넋을 넓직하게 발동케 하고 싶다.

■

· 『저승(p.171)』(일)에서는 1행 [넋이 있느냐 없느냐, 라는 것은,]이 [넋이 있
   느냐 라는 것은,]으로, 7행과 8행 [바로 내 넋의 발동일 것이니, / 내 몸은
   바로 넋의 가면이다.]가 [바로 내 넋의 가면이다.]로 재수록.

기쁨

친구가 멀리서 와,
재미있는 이야길 하면,
나는 킬킬 웃어 제낀다.

그때 나는 기쁜 것이다.
기쁨이란 뭐냐? 라고요?
허나 난 웃을 뿐.

기쁨이 크면 웃을 따름,
꼬치꼬치 캐묻지 말아라.
그저 웃음으로 마음이 찬다.

아주 좋은 일이 있을 때,
생색이 나고 활기가 나고
하늘마저 다정한 누님 같다.

계곡

수락산 자락에는
이상적인 계곡이 있다.
여름에는 숱한 인파다.

물이 왜 이리 맑은가.
바위들도 매우 겸손하다.
나는 이것들로부터 배움이 많다.

산자락의 청명한 공기여.
아취(雅趣)로운 절간이여,
푸르디푸른 등성이의 숲이여.

희망

내일의 정상을 쳐다보며
목을 뽑고 손을 들어
오늘 햇살을 간다.

한 시간이 아깝고 귀중하다.
일거리는 쌓여 있고
그러나 보라 내일의 빛이
창이 앞으로 열렸다.
그 창 그 앞 그 하늘!
다만 전진이 있을 따름!

하늘 위 구름송이 같은 희망이여!
나는 동서남북 사방을 이끌고
발걸음도 가벼이 내일로 간다.

■

· 『저승(p.150)』(일)에는 2연 [그러나 보라 내일의 빛이 // 창이 앞으
  로 열렸다.] 부분에서 연으로 구분되어 재수록.

촌길

아스팔트로 포장 안 된 길을
나는 매우 좋아한다.
돌이 울뚝불뚝한 길바닥,
시정인(市井人) 집이 옹기종기 붙은 길.
흙냄새 그윽한 시골길.

이 촌길을 걷고 있으면
나는 고대인의 후손,
정서는 옛사람이 더 풍부했다.
고대문명으로[1] 천천히 가는 길.

■

1) 『천상(p.49)』 (오)에는 [최신문명으로]로 재수록.

흰구름

저 삼각형의 조그마한 구름이,
유유히 하늘을 떠다닌다.
무슨 볼 일이라도 있을까?
아주 천천히 흐르는 저것에는,
스쳐 지나는 바람이 있을 뿐이다.
그래서 바람이 부는 곳으로,
구름은 어김없이 간다.
희디흰 구름이여!
구름에게는 계절이 없다.
어느 계절이든지,
구름은 전연 상관 않는다.
오늘이 내일이 되듯이
구름은 유유하게 흐른다.

■

· 『천상(p.18)』(오), 『저승(p.164)』(일)에 재수록된 작품의 전문을 밝
  힌다. 참고하기 바란다(편집자-註).

> 저 삼각형의 조그마한 구름이,
> 유유히 하늘을 떠다닌다.
> 무슨 볼 일이라도 있을까?
> 아주 천천히 흐르는 저것에는,
> 스쳐 지나는 바람이 있을 뿐이다.
> 바람은 구름의 연인이다.
> 그래서 바람이 부는 곳으로,
> 구름은 어김없이 간다.

희디흰 구름이여!
어느 계절이든지,
구름은 전연 상관 않는다.
오늘이 내일이 되듯이
구름은 유유하게 흐른다.

항복

　항복은 심리적으로 제로에 가까운 공백상태에 가깝지
않을까? 그래도 졌다는 허무한 작용심으로, 공허한 공간
속에 내던져진 마음일 것이다. 허깨비에게 연행당한 기분
이 되어, 자신의 비현실적인 부상(浮上)을 감각할 것이리
라. 남아 있는 자각심은 되려 적에 대한 경각심이 되지 않
을까? 이건 항복 직후의 심리 상태일 것이고 ―

　월남이 공산당에게 항복했다. 이것은 전세계의 비극이
다. 그렇지만 자유진영은 건재한다. 자유와 진리는 항복의
차원과는 전연 다르다. 개인적으로는 항복의 차원을 우리
는 단연코 거부한다.

계곡흐름

나는 수락산 아래서 사는데,
여름이 되면
새벽 5시에 깨어서
산 계곡으로 올라가
날마다 목욕을 한다.
아침마다 만나는 얼굴들의
제법 다정한 이야기들.

큰 바위 중간 바위 작은 바위.
그런 바위들이 즐비하고
나무도 우거지고
졸졸졸 졸졸졸
윗바위에서 떨어지는 물소리.

더러는 무르팍까지
잠기는 물길도 있어서……
(내가 가는 곳은 그런 곳)
목욕하고 있다 보면
계곡 흐름의 그윽한 정취여……

꽃은 훈장

꽃은 훈장이다.
하느님이 인류에게 내리신 훈장이다.
산야에 피어 있는 꽃의 아름다움.

사람은 때로 꽃을 따서 가슴에 단다.
훈장이니까 할 수 없는 일이다.
얼마나 의젓한 일인가.

인류에게 이런 은총을 내린 하느님은
두고 두고 축복되어 마땅한 일이다.
전진을 거듭하는 인류의 슬기여.

■

· 76. 7. 『월간문학』에 발표.

무덤

동양의 무덤은 자연주의 같고
서양의 무덤은 합리주의 같고
동양의 무덤은 지연합일(地然合一)이고
서양의 무덤은 편리위주이고[1]

풀[2]과 흙,
부드러운 선과 부피
아름드리 고요한 분위기,
이것이 우리 무덤의 모습이고—

빈틈없이 짜여진 공간 속에
되도록 조그마한 부피로 섰는 십자가
찾는 사람 별로 없는 곳
이것이 코쟁이의 무덤 모습이고—

우리 집 산소는
경남 창원군 진북면
대티마을 뒷산인데
일 년에 한 번씩 설날에 찾아간다.

■
· 77. 7. 『한국문학』에 발표.
1) 『천상(p.95)』 (오), 『저승(p.83)』 (일)에는 [편리]로 재수록.
2) 『주막(p.160)』 (민)에는 [물]로 수록되었으나 『한국문학』에 발표된 표기대로 [풀]로 바로잡음.

바위

수억 년 전부터 지킨 자리
곧이곧대로 맹탕 지키는
굿굿한 참을성의 權化

계곡 바위의 연속성
참으로 장관이다.
큰 것 작은 것 질서 없네

둥근 것 모난 것 각형인 것,
새소리조차 완전 무시하는
바위 모습은 좋을[1] 따름.

■

1) 『천상(p.92)』 (오)에는 [굳을]로 재수록.

밤하늘

북두칠성이 북극성 가까이
그리고 은하수가 높디높게
발하는 빛으로 엄숙한 존재.

쏟아져 내리는 별빛 속에
억 년 전과 현대가 공존하는 공간.
도대체 밤하늘의 실재는[1] 뭔가?

어릴 때 고향 하늘은 무궁했지만
오늘은 더욱 무궁하다.
고전 하늘과 현대 하늘이 달에서 만난다.

■

1) 『천상(p.86)』 (오)에는 [실존(實存)은]으로 재수록.

달

달을 쳐다보며 은은한 마음,
밤 열시경인데 뜰에 나와
만사를 잊고 달빛에 젖다.

우주의 신비가 보일 듯 말 듯
저 달에 인류의 족적이 있고
우리와 그만큼 가까워진 곳.

어릴 때는 멀고 먼 것[1]
요새는 만월이며 더 아름다운 것
구름이 스치듯 걸려 있네.

■

1) 『천상(p.91)』 (오), 『저승(p.163)』 (일)에는 [곳]으로 재수록.

북창(北窓)

내 집은(집이 아니라 셋방)
의정부 가까운 북방 서울 변두리
창도 북녘에 붙었다.

창은 모든 걸 보고 듣게 한다.
새소리도 가끔 들려오고
따로 구름도 비친다.

창은 언제나 밝다.
전등을 끈 한밤에도
휘부연한 빛그늘이 있다.

그러나 북녘하늘을 보는 건 슬프다
북쪽의 동족들이
시달리고 있다니 참 슬프다.

■

· 76. 6. 『현대문학』에 발표.

나무

나무를 볼 때마다
나는 하느님을 생각지 않을 수 없다.
왜냐구요?
글쎄 들어보이소.
산나무에 비료를 준다는 일은 없다.
그래도 무럭무럭 자란다.
이건 웬일인가?
사실은 물밖에
끌어들이는 것이 없지 않는가?
그런데 저렇게 자라다니
신기할 수밖에 없다.
그리고 산이란 산마다
나무가 **빽빽히** 자라는 것은
누가 심었더란 말인가.
그것뿐만이 아니다.
바다 한가운데 섬에도
나무는 있다.
이것은 어찌된 일인가.
누가 심었더란 말이냐?
나는 도무지 모르겠다.
다만 하느님이 심으셨다는 생각이
굳어갈 뿐이다.
보살피는 것도 하느님이다.

■
· 76. 9. 『현대문학』에 발표.

마음 마을

내 마음의 마을을
구천동(九千洞)이라 부른다.
내가 천씨요 구천(九千)만큼
복잡다단한 동네다.

비록 동네지만
경상남도보다 더 넓고
서울특별시도 될 만하고
또 아주 조그만 동네밖에 안 될 때도 있다.[1]

뉴욕의 마천루(摩天樓)같은
고층건물이 있는가 하면
초가지붕도 있고
태고시대(太古時代)의 동굴도 있다.

이 마을 하늘에는
사시상철[2] 새가 날아다니고
그렇지 않을 때는 흰구름이 왕창 덮인다.[3]

이 마을 법률은
양심이 있을 뿐이고
재판소 따위로는
양심법 재판소밖에는 없다
여러 가지로 지적하려면

만자(萬字)도[4] 모자란다
복잡하고 복잡한 이 마음 마을이여

■

· 77. 7. 『현대문학』에 발표.

1) 『저승(p.46)』 (일)에는 [또 아주 조그만 동네밖에 / 안 될 때도 있다.]로 재
  수록.

2), 3), 4) 『현대문학』에는 각각 [사시장철], [그렇지 않을 때는 / 흰구름이 왕
  창 덮인다.], [만자(萬字)로도]로 발표.

구름

저건 하늘의 빈털터리 꽃
뭇사람의 눈길 이끌고
세월처럼 유유하다.

갈 데만 가는 영원한 나그네
이 나그네는 바람 함께
정처없이 목적없이 천천히

보면 볼수록 허허한 모습
통틀어 무게없어 보이니
흰색 빛깔로 상공(上空) 수놓네.

■

· 78. 3.『월간 문학』에 발표.

교황 바오로 6세 서거_(逝去)

한 이백 년 전쯤에
다산 정약용은 초기 카톨릭 신도.
나 또한 이십 년 전부터 카톨릭 말석(末席)
오늘 1978년 8월 7일
바오로 교황 서거 소식 듣는다.
한 십오 년 전에
교황으로 오르신 바오로 6세는
다사다난한 이십세기 후반을
하느님 길로 인도하려다가
세월에 못이겨 드디어 천국 가시다.
중동문제와 인도지나 전쟁에
골머리 깊이 썩히신 바오로 6세는
현대세계의 평화와 안정을 위해
주님의 거룩하신 영단(英斷)을 희구(希求)하다가
드디어 몸소 하늘나무 나라로 ─
이성보다는 정신을 차리라고
먼 곳 불 같은 멸망이 아니고
자기자신이 불 속에 있음을 깨치라고
살아날 길은 오직 천주님의 길이라고
바오로 교황님의 하교하심 영원하리라.

■

· 78. 11. 『월간문학』에 발표.

바람에게도 길이 있다

강하게 때론 약하게
함부로 부는 바람인 줄 알아도
아니다! 그런 것이 아니다!

보이지 않는 길을
바람은 용케 찾아간다.
바람길은 사통팔달(四通八達)이다.

나는 비로소 나의 길을 가는데
바람은 바람길을 간다.
길은 언제나 어디에나 있다.

■

· 78. 겨울호. 『창작과 비평』에 발표.

눈(眼)

눈은 〈마음의 창(窓)〉이라 부른다
그러나 눈의 용도는
사람이 무엇을 보기 위한 거다
그러나 무엇을 보기 위한 것이
보여지는 창이라고 하니 용도도 많다.

꽃을 본다는 것은 무엇인가?
그건 있는 꽃을 눈 안으로 옮기는 거다
무엇이 눈 안으로 운반하는가?
그것은 마음의 힘이다
그러니 정신의 결정(結晶)이라 할 수 있다.

〈마음의 창〉은 두 개가 있으니
두 개 다 활짝 열고
이 세상의 모두를 받아들여야 한다
보이는 것은 모조리 말이다
그리하여 눈은 태양처럼 빛나고
온 세상의 창이 되어야 한다.

■

· 75. 12. 『한국문학』에 발표.

비오는 날

아침 깨니
부실부실 가랑비 내린다.
자는 마누라 지갑을 뒤져
백오십 원을 훔쳐
아침 해장으로 나간다.
막걸리 한 잔 내 속을 지지면
어찌 이리도 기분이 좋으냐?
가방들고 지나는 학생들이
그렇게도 싱싱하게 보이고
나의 늙음은 그저 노인같다
비오는 아침의 이 신선감을
나는 어이 표현하리오?
그저 사는 대로 살다가
깨끗이 눈감으리요.

■

· 79. 11. 『현대문학』에 발표.

무위(無爲) • 1

하루종일 바빠도
일전한푼 안 생기고
배만 고프고 허리만 쑤신다.

이제 전세계를 다 준다고 해도
할일이 없고 움직일 수도 없다.
절대절명이니 무아지경이네.

도라니 이런 것인가 싶으다.
선경(仙境)이라니 늙은 놈만 있는 게 아니다.
아무것도 안하는 것이 최고다.

해변(海邊) • 2

잡다한 직선이 모여 들어야만
이와 같은 직평면체(直平面體)가 구성될 성싶은데,
그런 직선이라고는 도방 없는 것 같다.

그러기에 가난뱅이 시인이 다소곳하게,
눈꼴 사납게 직선의 자죽을 찾는 것도 할 수 없다.
저렇게 생기복(生起伏)을 이룬 가면노도(假面怒濤)가 탈이
다.
오대양에 비교하면 턱도 없지만서도.

심연(深淵)이란 깊다는 것만이 이유가 아닐게다.
수심이 시꺼멓다고 깊이를 알게 뭐냐.
고심참담(苦心慘憺)하게 알 필요 없고 필요상 덮어두자.

송⒥브라암스

　오늘 나는, 오후 3시 명동천주교성당 대문앞 골목길, 고전음악 다방 '크로이체' 서 브라암스 교향곡 제4번을 들으며, 눈물겹게 앉아있습니다.

　세상에 이렇게도 근사하고 훌륭한 음악이 있을 성싶지 않습니다. 내 가슴의 눈물겨움은, 다만 소리내어 울지 않게끔 해야겠다는 결의의 상징일 겁니다.

　고전음악을 처음 듣기 시작한 것은, 미국군정하(美國軍政下)의 중학교 4학년 때 무렵이었습니다. 요새말로 하면 고교 2학년 때입니다.

　그 당시 나는 구마산 시장(舊馬山市場)의 일본어 책방에서 공짜로 책을 수없이, 구체적으로는, 퇴교(退校) 때 매일같이 들러서 약한시간 가까이 읽었으며, 그러다가 책방 주인이 날 부르더니 '읽고 싶은 책은 집에 가져가서 읽게. 그리고 다 읽었으면 다시 그 자리로 꽂아 놓게' 했었습니다.

　그런데 한 2개월 동안 책방이 나의 무료(無料) 독서실이었던 사이에, 무심코 나는 고전음악 속에 있었던 것입니다. 왜냐하면 그 책방옆은 다방으로서 쉴새없이 고전음악을 틀고 있었기 때문입니다.

아주 조금

나는 술을 즐기지만
아주 조금으로 만족한다.
한자리 앉아서 막걸리 한 잔.

취해서 주정부리 모른다.
한 잔만의 기분(氣分)으로
두 세시간 간다.

아침 여섯시,
해장을 하는데
이 통쾌감(痛快感)! 구름타다.

연기

나무가 타면
연기가 나고
그 연기는 하늘하늘 올라간다.

나는 죽으면 땅 속인데
그래도 나의 영혼은
하늘에의 솟구침이어야 하는데

어찌 나의 영혼이
나무보다 못하겠는가?
죽은 다음에는 연기이기를!

아기비

부실부실 아기비 나리다.
술 한잔 마시는데, 우산 들고 가니
아기비라서 날이 좀 밝다.

비는 예수님이나 부처님도 맞았겠지.
공(公)도 없고 사(私)도 없는 비라서
자연(自然)의 섭리의 이 고마움이여!

하늘의 천도(天道)따라 오시는 비를
기쁨으로 모셔야 되리라.
지상(地上)에 물없이는 하루도 못사는 것을.

새벽

새벽에 깨는 나
어슴프레는 오늘의 희망!
기다리다가 다섯 시에 산으로 간다.

여기는 상계1동
산에 가면 계곡이 있고,
나는 물속에 잠긴다.

물은 아침엔 차다.
그래도 마다 않고
온몸을 적신다.

새벽은 차고 으스스 하지만
동쪽에서의 훤한 하늘빛
오늘은 시작되다.

산소의 어버이께

두분 아버지 어머니 영혼은,
하나님께 인사드렸는지요?
죽은 내친구 인사 받으셨는지요?

생각컨대
어버이님은 아무런 죄 없으시고
착실하고 다투지 않으셨습니다.

어머님은 아버님보다 10년 더 넘게
오래 사셨다 가셨는데
하늘나라서 행복한 초혼(初婚) 영원히 비슷하겠군요.

그저 둘째아들 염려이실테고
요놈이 게으름뱅이노릇 그만하고
천국 가까이나 와 주었으면 하시겠지요!

소야(小夜)

소야(小夜)는 괜히 고요스레 충일(充溢)하고,
과감하게도 일찍 일어났다.
그러나 어떤 소식(消息)이 없고 보매,
마치 조그만 섭리(攝理)가 어슴프레하다.
기차소리 가득히 요란하고,
저 기차는 언제 서울에서 떠났든가?

집 • 1

형님의 집은 부산시 동구 수정4동 97.
크잖고 적잖고 중류의 2층이다.
별 불편이 없는 것이 탈이면 탈일까.

다소 높아서 해변항구가 뜰이나 마찬가지.
망망(茫茫)히 넓은 뜰이라서 자랑이다.
일본까지 옆집이나 다름이 없지.

나는 조카들 세놈과 사이가 좋지.
형이나 형수하고는 그렁저렁이지만.
재미도 있고 흥미롭고 귀엽기 짝이 없다.

삼촌인 나는 집도 절도 없는 쌍놈이지만.
조카들은 그런 것 따지지 않는다.
십원이 있으면 더 인기를 끌텐데……

집 • 2

가정이라는 것이 화평(和平)할 때는
집이 평화롭고 태평할 때.
나는 시만을 짓고 있어도 될텐데……

나는 유명한 시인으로 자처(自處)하니
건덕지도 없이 오만불손하며
그런대로 가만히 놔 주면 그만이야……

그런데도 불구하고
조카들은 아랑곳 없이
나에게만 덤빈다.

어떻게 되든지 이건 내집이 아니야.
그러니 나도 또한 소극적일 수밖에.
조카들아 집과 나를 혼동하지 말아라.

집 • 4

내 방에는, 허름해도 가치있는
책이 다소 있는데 읽으며 또 앞으로 읽어야 할 책이다.
중학생의 국어교과서에서 많은 걸 배운다.
역사도 지리도 자전(自傳) 등 여러 가지다.
얼마전날에는 손문(孫文)의 자전(自傳)을 읽었는데……
초기혁명(初期革命)에는 열번도 더 실패하더군……

한 번 두 번 실패는 단 벌꿀이다.
목숨 걸고 하는 초기혁명(初期革命)도
열번째나 되니, 인명재천(人命在天)이 아닌가……

집 • 5

옛날엔 옥상에 끽하면 올라갔는데
이제는 열쇠가 없으니 불가능이다.
형도 없고 조카들도 없으니 셋집뿐이다.

소인(小人)들 하고는 말하기도 귀찮다.
그것은 오래전부터의 나의 습관이다.
뺏기기도 싫고 잃기도 싫은 나의 성격이야.

그래도 열쇠없는 대인(大人)이라니
그림의 떡이요 미술품의 여상(女像)이다.
낮잠도 안오고 망망한 대해(大海)와 같다.

노도(怒濤)

황풍(荒風)아래 제철이 한창이다.
굳센 공간상(空間相)이지만은
그래도 일말의 서정미(抒情美)를 풍기는 것은 물이다.

직선형광경(直線型光景)에 저항하는 것은
약하디 약하고 형편없이 무력하기만 한
액체집단의 마지막 몸부림이다.

소금은 대지의 소금이라지
그래도 물속에 있어야만 현상유지다.
바람아 더욱 불어라. 그래야 일요일이다.

노도(怒濤) • 1

바다의 물결은 파폭(波幅)이 매우 세다.
그 거리도 긴 것 같고
스케일이 세계적이요 우주적이다.

수심(水深)은 몇킬로미터나 될까?
요량할 수도 없다.
생선들도 모른다.

노도(怒濤)는 풍속으로 일어나지만은
여러가지 생명체의 시원체(始原體)인데
그래도 그런 흔적도 없고 아예 숨긴다.

백제(百濟) • 1
—— 一般論의 나라

지금의 전라도는 옛날의 백제의 판도(版圖)다.
의자왕(義慈王)이 아니었다면,
그저그저 뻐틸만한 국력인 것을……

왜(倭)놈들도 배울대로 배웠다……
서기(書記)니 하여 덤빈 것도 류(類), 왕인(王仁)과,
그리고 다수의 귀화민(歸化民) 덕택이다.

그러니까 문화(文華)는 우리 선조가 비롯했다.
당시의 민족은 고수준(高水準)의 문화를 만세불렀다.

백제(百濟) • 3

— 大河

내륙하(內陸河)라는 강이 지도를 보면 있어요.
시작도 끝도 없고 길기만은 해요.
태양과 현상과 기온이 부지중에 그어놓았네.

아마존강은 실제로 대하(大河)요,
백제(百濟)의 금강(錦江)은 터무니 없어요.
영산강도 있지만 더구나 반도의 꾸불한 강이네.

무엇이 내륙하(內陸河) 속에 살았을까요.
생선은 온도때문에 못살았을 게요.
전라도의 광명은 그 산릉(山陵)이었네.

인도(印度)

이와 같이도 국민소득이 극소한 후진국에도 고급층의 문화적일 수가 있는 여성수상이 집권하다니 부러운 일이다.

종족도 많고 정부간의 치열한 투쟁도 수다하게 많다. 그런데 개개(個個)는 온순하기 짝이 없단다. 사회도 따라서 조용하겠지.

최고의 선사시대를 자랑하고 싶겠지만은 잔인한 행위도 여러가지였다. 이율배반이 아니고 무엇이란 말인가.

인도(印度) • 2

　코끼리는 한평생 말라빠진 농작물의 마지막 남은 부분을 쳐먹는다고 하는데 그 반면, 인도민족의 육체는 터무니없이 큼지막하다. 서양족속들보다 크지 않을까 싶으다. 밥도 지방분은 섭취하지 않는다는데 이건 무엇이라고 비교해야 좋단 말인가? 코끼리나 인도민족은 꽤 닮지 않았나 하는 거다. 그런데 종족학(種族學)으로는 인도민족은 아리아 계통이라고 하는데, 코끼리는 무슨 과(科)에 들어가는가. 분류하면 포유류겠지만은 민족이나 코끼리가 그렇게도 상이점(相異點)이 같을까?

인도(印度) • 3

　사원(寺院), 그것도 규모가 과연 큼지막한 놈이 군집을
이뤘다고 하는데 승려는 과일을 얻어다녀야 한다니 모순
투성이다. 예수가 태어났을 때 동방(東方)의 세 박사가 축
하차, 방문했다고 하는데 기적이라고 하지 않을 수가 없
다. 무슨 선물을 드려 바쳤는지 궁금하거니와 아마 모국(母
國) 인도의 다이아가 아니었을까 생각하고 싶은데, 좀더 고
가(高價)의 물건이었는지도 모르겠다. 우리 나라에도 힌두
교도가 더러 조그마치만 있고, 불교도도 많이 있다.

하늘 위의 일기초(日記抄)

— 냇물가 植物

냇물가 식물은 꼭 동양의 군자와 같다네.
움직일려고 하는데 그것은 물의 흐름 때문이다.
무엇을 믿고 있는 것인지 요량할 수도 없다네.
동양의 군자들은 유교를 신봉했는데,
요것들은 유교라니 턱도 없을 테니,
자기들의 뿌리나 믿는 게 아닐까.

하여튼 바다와 육지가 섞이는 고장이다.
게도 장난삼아 왕래하겠다.
영양분있는 반식(飯食)이 없나 하고 말이다.

사회계급이니 그런 것이 있을까⋯⋯
다들 평등해서 착취나 노예도 없을 게다.
군대조직단(軍隊組織團)이니 뭐니 하는 불필요한 것도.

하늘 위의 일기초(日記抄)

— 河口

최남단인 부산항구, 다대포(多大浦)는
낙동강 하구요 바다의 접촉점이다.
옛날에는 해상교통사고도 더러 있었다는데……

저쪽 저 멀리에는 일본국이 있을 것이며
안 닿던 곳이 없지 않을까?
런던도 바닷길을 해서 연맹체(聯盟體)일까요.

어디로 가든지 갈 수 있고 또 갈 수도 없다오.
북극에라도 배만 있으면 가겠다나.
추위가 혹심해서 견딜 수가 없겠구나.

하구는 꽤 복잡다단하다.
내부지밀(內部至密)에서는 고기들의 생식때문에 바쁘고
외면표피(外面表皮)에서는 양쪽 부유물(浮游物)들이 논다.

하늘 위의 일기초(日記抄)

— 생선(生鮮)

천국에 생선이 있는지 없는지 미루워 짐작하라.
고래같은 대어(大魚)는 없겠지만은 돔새끼는 있을 것이다.
잡다한 추한 생선은 없으면 좋겠는데……

맛이 좋든 그르든 그 신기함에 환성을 지를 것이다.
대체로 맛이 좋은 게 생선이니까.
요리책이나 갔다놓고 이러쿵 저러쿵 아웅다웅이다.

물은 벌써 준비되어 있고 끄집어 내기만 하면 되는데.
이 요리쟁이는 꼼짝도 안한다.
그저 구경만 하고 춤이나 추라는 것인가……

웬만하면 이젠 구경하는 것도 싫증이 난다.
견딜려니 고역이요 악경험(惡經驗)이다.
이만하면 지옥에 가져다 냅다 버렸으면……

어머니 변주곡(變奏曲)

어릴적이었지만은 자가제(自家製) 연날리기를 했단다.
유리가루를 연실줄에 묻혀서 날린다.
그러면 5, 6세 연령인데도 오십미터 가까이 날아간다.

연날리기대회는 내 고향, 진동에서는 설날인가 했단다.
나는 중학생인 형님과 짝을 지어 관망하면서
일심(一心)으로 상대가 될 대항자(對抗者)를 찾는다.

마츰 호기(好氣)어린 짝놈을 찾는다.
전쟁을 걸어오면은 사야한다네.
붙기는 붙었다.

날고 있는 연을 교차해서 대항자의 연을 날리면 이긴다.
벌써 대항자의 연은 바닷바람에 높이도 솟는다.
나는 목을 한참 들면서 꺼질 때까지 바라볼 뿐이다.

그 무렵, 어머니께서 형님과 나의 전승을 기도하면서
집에서 대기하셨겠지만은
그 어머니, 지하에 계신 지 10년도 넘는다.

어머니 변주곡(變奏曲) • 4

어머니는 앓다가 저 세상으로 가셨다.
둘째 누이의 이실직고(以實直告)로는
거의 괴로울대로 괴로웠단다.

불행한 일이다.
만사에 있어 무사태평했던 당신께서
임종기(臨終期)가 그랬다니 아들인 나는 쥬피터에게
항의하고 싶다.

살결이 다소 나와 닮아서 검었다는 것 말고는
신체조건은 깨끗하셨고 훌륭했었다.
그런데도 그런 고달픈 충격의 고역이었다니

성서(聖書)의 전면(全面)을 들쳐 읽어도
그러한 대목과 만날 수는 없어도
확실한 사실은 그녀는 천사의 부흥(復興)이었다는
것 뿐이다.

허상(虛像)

― 폭풍우

'허리케인'이라는 영화를 본 적이 있는데,
작으마한 섬을 몽땅 소멸케 하더군.
아무리 폭풍우가 고속(高速)이었다 하드라도.

여성대명사(女性代名詞)를 명칭케 하는 것은
폭풍우의 위력을 꺾어버리겠다는,
'사라' 호니 하는 까닭도 그 때문이야.

풍속이 외상식(外常識)으로 빠른 거라네.
보통이면은 기풍(氣風)이 맞을 것 아냐?
지식답(知識答)이 빠르면은 고명(高名)한 석학이 되듯.

아기이름을 닮은 폭풍우를 만날 때까지
오래살면 좋다 뿐이겠는가.
섬을 날고 진문기답(珍聞奇答)을 듣고 보고 들을 것이
아냐.

영화의 청년주인공은,
난관을 뚫고 그의 사랑이 이루어지지만은
나는 연인도 없고 집도 없다.

허상(虛像) · 2
— 골짜기

골짜기의 냇물은 왜 이리도 맑을까……
지금은 4월초라
숱한 꽃봉우리들이 다투어 경쟁하겠네.

무성한 솔나무 잎은 온통 푸르고
햇빛을 더욱 받으려고 발돋음한다.
같은 크기 같은 끼리인데도 말이야.

삼림(森林)은 냇물가에 미안하다는 듯이
그저 침묵이고 요동도 안하네.
저쪽 산비탈도 녹화(綠化)시킬 모양인가.

풀들도 일제히 들고 일어선다.
오존이 그득한 진공기(眞空氣)가 맑구나.
요리조리 골짜기는 맑음에 쌓였다.

허상(虛像) • 4
― 구름

구름은 백색(白色)이요 비오는 날엔 회암색(灰暗色)이다.
중간치기 색채는 없다.
그런데 형태는 실로 각종각류(各種各類)다.

불교적이 아닐까.
기독교를 닮았기도 할까.
마호멧교는 아니었으면 좋겠는데

하늘의 높음과 지상평면(地上平面)과의 연합체다.
마음대로 인간을 굽어삼킨다.
외양(外樣)은 부드러운 것 같지만은 단단할지 모른다.

이것은 아무래도 고체인가 액체인가.
전체로는 고체요 부분으로는 액체다.
기체에 쌓였으면서도 증류수인데……

친구

천가(千家)는 우리나라 성(姓)가운데서 쌍놈이다.
화산군(花山君), 천만리공(千萬里公)은 임진왜란 때
이여송(李如松)과 더불어 중화로부터의 구원병이다.

20세기의 제2차 세계대전이라면은
미합중국의 맥아더 장군같은 존재야.
수군통제사 이순신 제독도 못당했을 거다.

그 왜놈의 희로(姬路)에서 1930년 1월 29일생이야.
참으로 무슨놈의 팔자출생(八字出生)일런지
그러다가 사납게도 수도 동경부(首都 東京部) 근처로 이사했다.

친구 • 1
— 히아신스

섬세하다고 했어도 이리도 갸냘픈가.
사막에서는 명함도 못 내놓겠네.
수분기(水分氣)가 없는 것은 별개일거야.

여전스레 공기는 열기를 뿜어내고
다 뿜어내면 하늘까지라도 팽개칠 모양이다.
여행객이나 있으면 감상하여마지 않았을 텐데.

원시시대의 원방향(原放鄕)도 잊어먹었네.
이런 골치아픈 사막에 떨어지다니
원죄(原罪)야, 누구에게 신앙고백을 할까?

친구 · 2

— 歲月

세월은 흘러서 100년 가까이 됐다네.
오만불손 했던 성격도 맞다네.
죽어도 괜찮다네.

도령(道令)이 천국 가까이 왔다네.
오면은 기꺼이 가서 대꾸하리다.
이제도 가히 그 절념시기(絶念時機)가 안온다네.

산복(山腹)에 정좌(靜坐)하여 두고두고 살피니
저쪽 빛깔도 구름까지도 같지가 않니
제7의 천국이면은 얼마나 좋겠니.

친구 · 3
— 김치

매일같이 먹는 김치에는 음식이 섞여든다.
생선도 고기도 적량(適量)껏 들어가 있으니
음식의 백화점이 따로이 없다.

아무리 먹어도 만복(滿腹)도 안된다.
대륙을 통체로 자셔도 이렇게는
자양분이 적량이 되지 않겠다.

식물도 풀과 이파리니 전체나 마찬가지다.
맛도 미미천만(美味千萬)이니 딴 것과 바꾸지 못한다.
우리 백의민족이 시골뜨기가 아니라는 증일(證壹)이다.

친구 • 4

— 日曜日

신도(信徒)는 천주교도를 말함이니
나도 위선 포함되고 전세계에는 6억인구가 넘는다.
오늘은 일요일인데 편안하게 쉬어라.

구름이 다소간 끼었는데,
태양을 막아서 어두워진 것 같다.
아폴로는 언제나 활을 쏠려는고.

유년시대(幼年時代)의 황금기는 벌써 지났다.
전기광속(電氣光速)보다 빠른 미터로 언제 올려나
천국의 제7지방에 가서 기도할 때가.

교외의 냇물가에서

늦가을 교외의 냇물가에서 발을 씻는다.
크잖고 적잖은 돌에 걸터 앉아서,
나의 발과 손은 오래 헤어졌던 친구처럼 만난다.
산골짜기 깨끗하기 짝이 없는 물은,
내 발의 검으티티한 때를 어찌 취급할까 망설이며

엉거주춤이었다.
유난히도 차다.
둘러 싼 풀과 나무 산바위들도
난데없이 나타난 불청객의 실례를 봐줄까 말듯인듯,
외롭도록 고요하다.

한점 구름쪼각도
냇물 따라 가는데,
나도 또한 말없이 발을 씻는다.

■

· 72. 2. 『월간문학』에 발표.

간(肝)

여기다 여기다 여기다
아무렇지도 않게 소리없이 있으면서
고향의 온사람을 울리고 있는
간쪼각을 말리는 자리는 여기다

흙가루에 덮인채
흐터진채 쪼각인채
떨어진 이것은

한때 한 청년이
소리치며 돌격한 그
쬐그만 흔적이다

그대로는 더 갈 수 없는 데를 가려고
청년은 목숨을 던진 것이다
간을 던진 것이다

그 청년의 이름을 우리는 모른다
한때 이 간이
누구의 뱃속에 있었던 가를 우리는 모른다

우리들이 모르는 그 이름이여
청년이여
햇살에 말려 쭈굴쭈굴해진 간이여

■
· 74. 8. 『현대시학』에 발표.

비발디

오늘 나는 비발디의 음악을 듣는다.
옛날 내가 대학에 다닐 때는
〈르네쌍스〉라는 음악다방에서
그렇게 많이 듣던 비발디.

오늘은 내가 한가해서
오후 세시 반 무렵에
라디오의 스위치를 돌렸더니
비발디의 음악이 나온다.

바하보다 이전인 비발디
그의 음악은 너무나 오래간만이다.
선율의 고전성은 물론이요
나의 옛생각을 키워준다.

■
· 75. 10. 『월간문학』에 발표.

하느님

만일 우주가 없었더라면,
만일 태양계가 없었더라면,
만일 지구가 없었더라면,
만일 지상이 없었더라면,
사람은 어찌 낳겠어요?

만일 분자가[1] 없었더라면,
만일 원자가 없었더라면,
만일 원소가 없었더라면,
만일 핵이 없었더라면,
물질은 어찌 생겼겠어요?

만일 봄이 없었더라면,
만일 여름이 없었더라면,
만일 가을이 없었더라면,
만일 겨울이 없었더라면,
문명이 어찌 빛나겠어요?

다 훌륭하신 하느님께서,
다 거룩하신 하느님께서
다 전지전능하신 하느님께서
다 절대자이신 하느님께서
창조하시지 않았겠어요?

■
· 78. 5. 『현대문학』에 발표.
1) 『현대문학』에는 [부자가]로 표기되어 있으나 내용상 [분자]의 誤記로 보고
  고침(편집자―註).

오순이양 굳세어라

올해 칠월과 팔월초
난 신경통으로 큰 고생
팔월 이일 KBS텔리비젼 「인간승리」
정성껏 보고 있는데 −

− 뜻하잖은 기차 사고로
두 팔 잘린 채
국교 오년생 정진중
손대신 발가락 보람차게 쓰나니

가슴 뜨겁게 불붙고
눈물 맹탕 쏟아진다.
보라! 발가락에 붓 끼고
근사하게 그림 그리나니

오, 굳세어라 오순이양
커서는 일류화가 되어
헬렌 켈러 못잖게
마산과 조국 얼 빛내다오.

■

· 78. 9. 10. 『주간조선』에 발표.

어느 결혼식

신랑이 들어올 때보다
신부가 입장할 때
보아라!

천사께서 날으시며
축복의 웃음 함빡 하심을!

천사님!
이 식장을 어떻게 아시고
이 가난한 식장을
의젓하게 하시고
더욱 더욱 빛내시나이까?

하늘 영광을 위해
신랑은 뼈를 깎을 것이며
신부는 더 목을 숙이고
하나를 위해서가 아니고
세상 전체를 위해 일하겠나이다.

■

· 78. 겨울.『창작과 비평』에 발표.

구름 위

구름 위에는 무엇이 있을까?
아주 멀고 멀리
달과 태양과 별들

진짜로 그것 뿐일까?
너무나 높디 높게 비행기 날고
어쩌다 비행기는 구름 위에도……

구름 위의 하나님은
지구의 인류를 미소로 보시며
아무 걱정 말라는 손짓.

사람이 가끔 하늘 보는 것은
본능적이요 저도 모르는 사이
믿음의 은덕이 아닐까 한다.

■

· 79. 4. 『월간문학』에 발표.

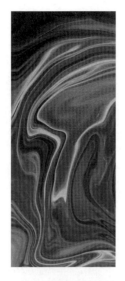

제3부
1980년~1989년

제3부에 묶인 시는 시집 『천상』(오), 『저승』(일), 『요놈』(답), 『나』(청)
과 시집에 묶이지 않은 작품 중에서 재수록 작품과 이 기간에 쓰여지지 않
은 작품으로 밝혀진 것을 제외한 나머지를 시집 간행년도 순으로 싣고 연
작 및 동일제목의 작품은 제1부와 같은 기준으로 실었다. 그리고 시집에
묶이지 않은 작품은 맨 뒤에 수록하였다(뒷면 작품목록 참조).

■시집 『천상』(오)에 실린 작품목록.
날개/청녹색/먼 산(山)/해만(海灣)·5/고향/구름/막걸리/막걸리
/술/한강에서/희망의 한강/나의 가난함/아버지 제사(祭祀)/새
세 마리/참새/새소리/무궁화/찬물/광화문 근처의 행복/빛/곡哭)
석재대사(石齋大師)/사진이라니/날고 기는 불상(佛像)/소야조
(小夜調)/노래/수락산하변(水落山下邊)·7/찻집에서/찻집/찻
집·2/찻집·3/나의 가냘픈 신세·타령조/가요소야(歌謠小夜)/
계곡(溪谷)/어린애들/유리창/창(窓)/하늘/봉황(鳳凰)이여/고향
사념(故鄕思念)

■시집 『저승』(일)에 실린 작품목록.
먼 산(山)(p.226)/술(p.235)/빛(p.250)/하늘(p.269)/하늘(p.270)/
행복/장모님/장모님/들국화/아침/아이들/비/폭풍우/새벽/촌놈/
성총(聖寵)/꿈/집/아기 욱진/네 살짜리 은혜/예수님 초상/인형/
김종삼(金宗三)씨 가시다/생일 없는 놈/동네/내일의 노래

■시집 『요놈』(답)에 실린 작품목록.
흐름/배/주부후보자들이여/내가 좋아하는 여자/너무나도 점잖
으신 의사 님께서/가족/매일마다 내일/책미치광이/나는 행복(幸
福)합니다/방한화(防寒靴)

■시집 『나』(청)에 실린 작품목록.
새삶

■시집에 실리지 않은 작품목록.
막걸리(p.233)/하늘 나그네/구름집/스포오츠/초로(初老)/연동
교회/나의 행복/나의 자화상/아내/어머니 생각/흙/오월의 신록/
만년약(萬年藥)이라고 장모님께서 말씀하시니!/다시금 비원(秘
苑)에 와서/김영자여류화백 송(頌)/이런 일도 다 있었으니……/
콘크리트 벽

날개

날개를 가지고 싶다.
어디론지[1] 날 수 있는
날개를 가지고 싶다.
왜 하느님[2]은 사람에게
날개를 안 다셨는지 모르겠다.
내[3] 같이 가난한 놈은
여행이라고는 신혼여행뿐이었는데[4]
나는 어디로든지 가고 싶다.
날개가 있으면 소원성취다.
하느님[2]이여,
날개를 주소서 주소서……

■

· 84. 12. 『현대문학』에 발표.
1), 2), 3) 『현대문학』에는 [어디로든], [하나님], [나]로 발표.
4) 『저승(p.48)』 (일)에는 [신혼여행뿐인데]로 재수록.

청녹색

하늘도 푸르고
바다도 푸르고
산의 나무들은 녹색이고
하느님[1]은 청녹색을
좋아하시는가 보다.

청녹색은
사람의 눈에 참으로
유익한 빛깔이다.
이 유익한 빛깔을
우리는 아껴야 하리.

이 세상은 유익한 빛깔로
채워야 하는데
그렇지 못하니
안타깝다.

■

1) 『저승(p.41)』 (일)에는 [하나님]으로 재수록.

먼 산(山)

나는 의정부시에 사는데
먼 산이 잘[1] 바라보이고
뭔가 내게 속삭이는 것 같고
나를 자꾸 부르는 것 같다.

게으른뱅이인 나는
찾아가지는 안 했지만
언젠가 한번은
놀러 갈까 한다.

먼 산은 아주 옛날처럼 보이고
할아버지 같기도 하고
돌아가신 분들 같기도 하고
황성옛터 같다.

■

1) 『저승(p.89)』 (일)에는 삭제.

먼 산(山)

먼 산은
나이 많은 영감님 같다
그 뒤는 하늘이고
슬기로운 말씀하신다

사람들은 다 제각기이고
통일이 없지만
하늘의 이치를 알게 되면
달라지리라고—

먼 산은
애오라지 역사의 거물
우리 인간은
그 침묵에서 배워야 하리……

■

· 84. 6. 『한국문학』에 발표.

해만(海灣) • 5

이 수면(水面)의 깊이는 자연신(自然神)조차 모르잖나,
그러니 바위와 연안(沿岸)들도 알지 못하고,
전지전능하신 하느님조차 묵묵부답(默默不答)이다.

갈매기를 비롯한 온갖 바닷새들이
차라리 가르쳐 줄 것인가. 짧다고 할는지, 무엇인가가
있어 차이(差異)를 성취하고 있을 텐데

밝은 것이 어둔 것보다 호경기(好景氣)일지라도,
진리(眞理)와 진체(眞體)는 어둔 것 쪽에 있을지
대사님께서는 설교할지도 막상 불가불리(不可不離)

고향

내 고향은 경남 진동(鎭東),
마산에서 사십 리 떨어진 곳
바닷가이며
산천이 수려하다.

국교 1년 때까지 살다가 떠난
고향도 고향이지만
원체 고향은 대체 어디인가?
태어나기 전의 고향 말이다.

사실은 사람마다 고향타령인데
나도 그렇고 다 그런데,
태어나기 전의 고향타령이 아닌가?
나이들수록 고향타령이다.

무(無)로 돌아가자는 타령 아닌가?
경남 진동으로 가잔 말이 아니라
태어나기 전의 고향 — 무(無)로의
고향타령이다. 초로(初老)의 절감(切感)이다.

구름

하늘에 둥둥 떠있는 구름은
지상을 살피러 온 천사님들의
휴식처가 아닐까.

하느님[1]을 도우는 천사님이시여
즐겁게 쉬고 가시고
잘되어 가더라고 말씀하소서.

눈에 안 보이기에
우리가 함부로 할지 모르오니
널리 용서하소서.

■

1) 『저승(p.34)』(일)에는 [하나님]으로 재수록.

막걸리

남들은 막걸리를 술이라지만
내게는 밥이나 마찬가지다.
막걸리를 마시면
배가 불러지니 말이다.

막걸리는 술이 아니다
옥수수로 만드는 막걸리는
영양분이 많다
그러니 어찌 술이랴.

나는 막걸리를 조금씩만
마시니 취한다는 걸 모른다
그저 배만 든든하고
기분만 좋은 것이다.

■

· 84. 5. 『월간문학』에 발표.

막걸리

나는 술을[1] 좋아하되
막걸리와 맥주밖에 못 마신다.

막걸리는
아침에 한 병(한 되) 사면
한홉짜리 적은 잔으로
생각날 때만 마시니
거의 하루종일이 간다.

맥주는
어쩌다 원고료를 받으면
오백 원짜리 한 잔만 하는데
마누라는
몇달에 한 번 마시는 이것도 마다한다.

세상은 그런 것이 아니다.
음식으로[2]
내가 즐거움을 느끼는 때는
다만 이것뿐인데
어찌 내 한가지뿐인 이 즐거움을
마다하려고 하는가 말이다.

우주도 그런 것이 아니고
세계도 그런 것이 아니고

인생도 그런 것이 아니다.

목적은 다만 즐거움인 것이다.
즐거움은 인생의 최대목표이다.

막걸리는 술이 아니고
밥이나 마찬가지다
밥일 뿐만 아니라
즐거움을 더해주는
하느님[3]의 은총인 것이다.

■

1), 3) 『요놈(p.54)』(답)에는 [술을], [하나님]으로 재수록.
2) 『저승(p.63)』(일)에는 [음식은]으로 재수록.

막걸리

나는 막걸리를 퍽이나 좋아한다
막걸리는 배가 불러지고
목마름을 다신다

선조대대로
우리 민족은 이 막걸리를 마셨다
오늘의 발전도 막걸리 때문이다

오늘도 막걸리
내일도 막걸리
어찌 잊으랴 이 막걸리를

■

· 84. 12. 『월간문학』에 발표.

술

술 없이는 나의 생을 생각 못한다.
이제 막걸리 왕대포집에서
한 잔 하는 걸 영광으로 생각한다.

젊은 날에는 취하게 마셨지만
오십이 된 지금에는
마시는 것만으로 만족한다.

아내는 이 한 잔씩에도 불만이지만
마시는 것이 이렇게 좋은 줄을
어떻게 설명하란 말인가?

술

나는 술을 좋아한다.
그것도 막걸리로만
아주 적게 마신다.

술에 취하는 것은 죄다.
죄를 짓다니 안될 말이다.
취하면 동서사방을 모른다.

술은 예수 그리스도님도 만드셨다.
조금씩 마신다는 건
죄가 아니다.

인생은 고해(苦海)다.
그 괴로움을 달래 주는 것은
술뿐인 것이다.

한강에서

약 이십 년 전에
'아 한강이 있는 서울
아 바다가 있는 인천'
이런 싯구를 쓴 시인인
이현우는 지금 어디 있는가.

그는 다정다감하고
죽은 소설가 김말봉 씨의 아들이었는데
이제는 영 행방불명이다
나는 참으로 만나고픈데
어디 있단 말인가.

그가 서울을 사랑하고
한강을 사랑한 뜻이 보람되어
오늘의 서울은
한강의 기적을 이뤘다
현우야 빨리 와다오.

희망의 한강

겨울 내내
꽁꽁 얼어붙었던
몇억 년 한강.

고대하던 춘삼월
드디어 끝내
오고야 말았다.

보아 다오
언제 몰래
녹고 만 얼음.

느리게 그러나 기어코
도도한 흐름세
아 바다로의 희망.

나의 가난함

나는 볼품없이 가난하지만
인간의 삶에는 부족하지 않다.
내 형제들 셋은 부산에서 잘 살지만
형제들 신세는 딱 질색이다.

각 문학사에서 날 돌봐주고
몇몇 문인들이 날 도와주고

그러니 나는 불편함을 모른다
다만 하늘에 감사할 뿐이다.

이렇게 가난해도
나는 가장 행복을 맛본다.
돈과 행복은 상관없다.
부자는 바늘귀를 통과해야 한다.

아버지 제사(祭祀)

아버지 제삿날은 음력 구월 초사흘날
올해도 부산에 못 가니
또! 또!
아버님 영혼께서 화내시겠습니다.

가난이 천생(天生)인 것을
아버지 영혼이시여 살펴주소서
아버님도 생전에
"가난하게 살아야 복이 있다"고
하시지 않으셨습니까?

아버지는 젊을 때
천석(千石)꾼이었는데
일본놈에게 속아 다 날리고
도일(渡日)하여 돈을 버신 아버님.

아버지! 아버지!
지금까지 생존하셨다면
팔십이 살짝 넘으셨을 아버지
오로지 천국에서 천복(天福)을 누리옵소서.

■

· 83. 겨울호. 『문예중앙』에 발표.

새 세 마리

나는 새 세 마리와 함께 살고 있다.
텔레비 옆에 있는 세 마리 새는
꼼짝도 하지 않는다.
왜냐하면
진짜 새가 아니라
모조품이기 때문이다.

한 마리는 은행에서 만든 저금통 위에
서 있는 까치고
두 마리는 기러기 모양인데
경주에서 아내가 사가지고 왔다.
그래서 세 마리인데
나는 매일같이 이들과 산다.

나는 새를 매우 즐긴다.
평화롭고 태평이고 자유롭고
하늘이 그들의 것이기 때문이다.
나는 이들을
진짜 새처럼 애지중지한다.

■
· 83. 12. 『한국문학』에 발표.

참새

참새 두 마리가
사이좋게 날아와서
내 방문 앞에서 뜰에서
기분좋게 쫑쫑거리며 놀고 있다.

저것들은[1]
친구인가 부부인가?
하여튼 아주 즐거운 모양이다.
저들같이 나도 좀 안될지 모르겠다.

본능으로만 사는 새들이여 참새여
사람은 이성이니 철학이니 하여
너희들보다 순결하지 못하고
아름답게 기쁘게 살 줄을 모른다.

■

· 83. 겨울호. 『문예중앙』에 발표.
1) 『문예중앙』에는 [저것 둘은]으로 발표.

새소리

새는 언제나 명랑하고 즐겁다.
하늘 밑이 새의 나라고
어디서나 거리낌없다.
자유롭고 기쁜 것이다.

즐거워서 내는 소리가 새소리다.
그런데 그 소리를
울음소리일지 모른다고
어떤 시인이 했는데, 얼빠진 말이다.

새의 지저귐은
삶의 환희요 기쁨이다.
우리도 아무쪼록 새처럼
명랑하고 즐거워하자!

즐거워서 내는 소리가
새소리이다.
그 소리를 괴로움으로[1] 듣다니
얼마나 어처구니 없는 놈이냐.

하늘 아래가 자유롭고
마음껏 날아다닐 수 있는 새는
아랫도리 인간을 불쌍히 보고
'아리랑 아리랑' 하고 부를지 모른다.

■

· 83. 1. 『월간문학』에 발표.

1) 『저승(p.108)』 (일)에는 [괴로움을]로 재수록.

무궁화

나의 처가집은
우리집 가까이 있는데
무궁화가
해마다 곱게 핍니다.

무궁화는 우리들 나라꽃입니다.
그 나라꽃을
해마다 바로 옆에서 즐길 수 있다니
그저 고맙고도 고마운 일입니다.

그것도 다섯 송이나 사랑할 수 있다니
장모님과 처남에게
따뜻한 정을 더구나 느끼게 됩니다.
나라꽃이여 나라꽃이여 영원하여라.

■
· 83. 겨울. 『문예중앙』에 발표.

찬물

나는 찬물 잘도 마십니다.
'물민족'이라며, 자꾸자꾸 마십니다.
그러면 생기(生氣)가 솟구치며
남들에게 뒤지지 않게 됩니다.

자연의 정기(精氣)를, 멀기는 하지만
흉내라도 내야 할 일이겠습니다.
만주의 송화강을 건너서
남쪽으로 올 때
우리 선조들이
〈물〉〈물〉 했듯이―

하늘 날으는 새처럼, 하늘투성처럼,
나는 그저 찬물투성입니다.
생기가 있어야
인생을 놓치지 않는 법입니다.

나의 노래는 미약하지만
그 노래 끝에는
반드시 찬물생기가 있어서
먼 데까지 가지 않을까 생각합니다.

■
· 82. 8. 『월간문학』에 발표.

· 이 작품은 『저승(p.52)』 (일)에 수록된 것을 싣는다.
· 『월간문학』에는 두 번째 연이 다음과 같이 발표 되었다. 참고하기 바란다
  (편집자-註)

자연의 정기(精氣)를
놓치지 말아야 할 것이고,
요단강의 수기(水氣)를, 멀기는 하지만
흉내라도 내야 할 일이겠읍니다.

만주의 송화강을 건너서
남쪽으로 올 때
우리 선조들이
〈물〉〈물〉 했듯이―

광화문 근처의 행복

광화문에,
옛 이승만 독재와
과감하게 투쟁했던 신문사
그 신문사의 논설위원인
소설가 오상원은 나의 다정한 친구.

어쩌다 만나고픈 생각에
전화 걸면
기어코 나의 단골인
'아리랑' 다방에 찾아온 그,
모월 모일, 또 그랬더니
와서는 내 찻값을 내고
그리고 천 원짜리 두 개를 주는데—
나는 그 때

"오늘만은 나도 이렇게 있다"고
포켓에서 이천 원 끄집어 내어
명백히 보였는데도,
"귀찮아! 귀찮아!" 하면서
자기 단골 맥주집으로의 길을 가던 사나이!

그 단골집은
얼마 안 떨어진 곳인데
자유당 때 휴간(休刊)당하기도 했던

신문사의 부장 지낸 양반이
경영하는 집으로
셋이서
그리고 내 마누라까지 참석케 해서
자유와 행복의 봄을 ─
꽃동산을 ─
이룬 적이 있었습니다.

하느님![1]
저와 같은 버러지에게
어찌 그런 시간이 있게 했습니까?

■
· 82. 3. 『한국문학』에 발표.
· 『한국문학』에는 1~2연이 다음과 같이 발표(일부 표기 포함)되었다. 참고하
　　기 바란다(편집자─註).

　　　광화문에,
　　　옛 이승만 독재와
　　　과감하게 투쟁했던 신문사,
　　　그 신문사의 논설위원인
　　　소설가 오상원은 나의 다정한 친구,
　　　어쩌다 만나고픈 생각에
　　　전화 걸면
　　　기어코 나의 단골인
　　　'아리랑' 다방에 찾아온 그,

모월 모일, 또 그랬더니
와서는 내 차값을 내고
그리고 천원짜리 두 개 주는데—
나는 그 때

1) 『한국문학』에는 [하나님]으로 발표.

빛

대낮의 빛은 태양입니다.
밤의 빛은 전기요 등불입니다.
내가 사는 빛은 예수님이고
내가 죽는 빛도 예수님이다.

삼십 년 만에 만난 중학동창이
으리으리한 술집에서
내 마음을 달래주는 일
그것 또한 빛은 빛이다.

빛은 어디서나 있을 수 있고
빛은 있기 어렵습니다.
나의 삶이여
빛을 외면하지 말게 하소서.

빛

태양의 빛 달의 빛 전등의 빛
빛은 참으로 근사하다

빛이 없으면
다 캄캄할 것이 아닌가

세상은 빛으로 움직이고
사람 눈은 빛으로 있다

내일이여 내일이여
빛은 언제나 있으소서.

곡(哭) 석재대사(石齋大師)

선생님 이런 일이라니?
이럴 수가 있습니까?
저는 다소
관상을 볼 줄 아는데
팔십까지는 무리없이 살리라
생각했는데,
조 선생님은
저가 얼마나 무식한 놈인가를
증명하셨습니다
이름을 함부로 부르는 것은
무식한 놈인데
저는 다시 무식하고 싶습니다.
연현(演鉉) 선생님!
왜 저 혼자 놔두고 가시나이까?

■

· 82. 12. 『월간문학』에 발표.

사진이라니

육명심이라는 사진가가
내 입상(立像)을 찍어서
벽 앞에 섰는 모습인데
그 사진이
일본의 아사히 신문사에서 나오는
아사히 카메라에 발표되었습니다.
아사히 카메라라는 사진잡지는
세계에서도 굴지(屈指)의 사진잡진데
그런 잡지에
나 같은 놈의 사진이
어찌 나왔더란 말입니까?
그리고 또
한국사진가협회 기관지 「사협(寫協)」에
최홍만이라는 사진평론가가
'꾸밈없는 사람들' 이라는
육명심 씨의 사진평을 썼는데
그 평론에는
내 이름이 열 번이나
들먹여지고 있었으니
참으로 진귀한 일입니다.
한국의 사진하고는
나는 아무 관련이 없었는데
사진작가 육명심 씨는
나를 왜

아주 기쁘게도 괴롭게 구는 겁니까?
몸과 마음이 아주 가난한 이 놈을…….

날고 기는 불상(佛像)

　불상은 날고 길 뿐만 아니고, 기어가기도 서슴치 않고 하시니, 날벼락이다. 공룡 못된 강철이라고 하시니, 그러한 걸까? 도대체 무슨 못 이룬 숙원이나 있느냐? 가만히 종용(從容)스레 계시면, 될 것으로 믿느니. 날고 기는 것은 불상이 있다는 것을. 동물류도 물증(物證)하고, 사원승려(寺院僧侶)도 밝히고 믿고, 무생물도 소리를 지르고, 석기류(石器類)도 침묵리(沈默裡)에 신앙(信仰)하다. 바라옵건대, 본인을 극락으로 인도하소서…….

소야조(小夜調)

　전등을 켰더니, 환히 밝다. 동기(東氣)불 터숭이고, 부두근방은
더 큰 불이야. 고요하다. 소야는 영점(零點)이야. 기적성(汽笛聲)
만 살았다. 해변은 초(超)조용하다. 비시경이야.

노래

나는 아침 다섯 시가 되면
산으로 간다.
서울 북부인 이 고장은
지극한 변두리다.
산이 아니라
계곡이라고 해야겠다.
새벽 일찍이라
자연스레 노래를 부른다.

내같이 노래를 못 부르는 내가
목청껏 목을 뽑는다
바위들도 그 묵직한 바위들도
춤을 추는 양하고
산등성이가 몸을 움직이는 양하고
새소리들도 내게 음악을 주고
나무들도 속삭이는 것 같다
나는 노래한다 나는 노래한다

■
· 이 작품은 처음 『천상(p.52)』 (오)에 1연으로만 묶였다가 뒤에 『저승
(p28)』 (일)에 2연이 추가되어 위와 같이 수록.

수락산하변(水落山下邊) • 7
— 밤

    다정한 어둠이 자기 것인양 세계를 차지한다. 일색이다. 지옥이 어둡다니 밤은 지옥이란 말인가. 밤은 인간의 것이 아니고 하느님의 빛깔이다. 먼 산맥이 자취를 감추고, 어디론가, 외출중이다. 바다도 덩달아서 대평원이야. 사람은 왜 잠들고 말까? 이 어두움이 누나처럼 쉽게 하기 때문이야. 꿈 속에서는 타향도, 산맥도, 다 일색이야. 잠자는 방은 세계의 평원이야. 눈이 왜, 내리지 않는가? 꿈이 하늘에서 눈을 막고 있기 때문이야.

찻집에서

　바깥으로는 유리창에 커텐이 크게 열려 있는데 시내 포도(鋪道)를 보이게 하고 있는 버스가 만원인 채 지나가고 수다하게 통행인이 스치고 지나간다. 이제는 어디로 갈 것인가. 휴일이고 5·25 투표일이라 잡다한 백의(白衣)들이 무리를 짓도다. 그런 날의 오전 열 시경인지라 시각은 이르지 않는가?

찻집

이른 아침에 찻집에 들렸더니 위선 홍차를 주고 나는 커피를 시킨다. 내 친구들은 어디 있을까. 가야 형편없으므로 기억 기억 가지 않을까. 가는 자는 가고 오는 자는 오너라. 공자(孔子)님은 외롭기 짝이 없었다. 그래서 글자를 많이 쓰고 유교(?)를 퍼뜨렸다네. 나와 꼭 같은 거야.

찻집 • 2

대라마(大羅馬)의 로마시는 시민들로 하여금 찻집 안 가
도 차를 경건한 심정으로 끓여달라고 했는데 아마도 기어
코 노비를 시켰을 것이다. 그들 귀족은 아침이나 밤이나
몸이 편해도 노비들의 수고를 끼쳤다. 어떤 저명한 시인은
귀족이 되고 싶다고 했는데 쌍놈 출가(出家)임이 틀림없을
것이다. 나는 무엇일까. 아무래도 상귀족(上貴族)일 것이
다.

찻집 • 3

예쁜 꽃송이가 기어코 만발이구나. 산이나 허허벌판에 나가 있으면 기다리는 사람이 있는 양 산유화도 사월의 봄을 뒤질세라 타서 만발할 거다. 찻집에서는 그 가운데서도 선택되어서 화병에 꽂혀졌을 게다. 무슨 가지였을까. 약한 가지도 아닌데도 기어코 올라가서는 뿌질러졌을 것이다. 그래서 찻집을 찾는 마음 가난한 정신노무자의 피를 식게 하고 온화하게 해주겠다.

나의 가냘픈 신세 • 타령조(打令調)

　신세(身勢)는 무뢰한(無賴漢)이야. 한이 있어야 할 텐데,
죽어도 싫으니, 한제국(漢帝國)은 망했다. 삼국지를 읽으면
유방(劉邦)이는 소인(小人)이란 말이야. 현덕(玄德)은 무능
아(無能兒)고, 위대한 분은 공명(孔明)일 따름이야. 타령이
나올 따름이야. 막한(莫漢)은 돈도 없고, 슬프고 애달프고
형편(形便)없다. 새는 사는데, 나는 엉망이야.

가요소야(歌謠小夜)

아슴스레, 노래가 들리다.
어디서냐, 지하에서냐, 지상에서냐!
땅 위는 소야가 한창이다.

계곡(溪谷)

이 수락산은 그렇게 높지는 않은데
정통적인 계곡은 사람을 이끈다.
절간도 있고 하여 그윽한 곳이다.

바위와 바위가 잇달아
얇게 물이 흐르지만
계곡 양쪽은 무성한 풀이요 나무다.

나는 여름이면 아침마다 올라서
활딱 벗고 물 속에 잠기지만
지금은 봄이라 가끔 갈 뿐이다.

어린애들

정오께 집 대문 밖을 나서니
여섯, 일곱쯤 되는 어린이들이
활기차게 뛰놀고 있다.

앞으로 저놈들이 어른이 돼서
이 나라 주인이 될 걸 생각하니
발걸음을 멈추고 그들을 본다.

총명하게 생긴 놈들이
아기자기하게 잘도 놀고 있다.
그들의 영리한 눈에 축복이 있길 빈다.

유리창

창은 다 유리로 되지만
내 창에서는
나무의 푸른잎이다.

생기 활발한 나뭇잎
하늘을 배경으로
무심하게도 무성하게 자랐다.

때로는 새도 날으고
구름이 가고
햇빛 비치는 이 유리창이여―

창(窓)

유리로 저쪽도 보이는 창.
하늘이 보이는 창과
안 보이는 창도 많다.

나는 하늘이 보이는 창을
노래해야겠는데
푸른하늘이 웃음짓는다.

더러는 새도 날으고
구름이 유유하고
내 눈을 반긴다.

북창 저 너머엔
이북동포들이 얼마나 고생할까……
나는 북을 보며 가슴이 메인다.

하늘

무한(無限)한 하늘에
태양과 구름 더러 뜨고,
새가 밑하늘에 날으다.

내 눈 한가히 위로 보며
하늘 끊임없음을 인식하고,
바람 자취 눈여겨 보다.

아련한 공간이여,
내 마음 쑥스러울 만큼 어리석고
유한(有限)밖에 못 머무는 날 채찍질하네.

하늘

낮 하늘에 태양이 이글이글
뭇구름들이 왔다갔다하며
새소리 아련하다.

밤 하늘은 별이 빛나고
달빛이 교교해
들엔 풀벌레소리

시간은 약속도 없이 가고
하늘은 높으기만 해
가이없는 것 끝이 없으랴.

■
· 85. 4. 『문학사상』에 발표.

하늘[1]

하늘에는 구름이 뜨고
새가 날으고
가이없이 무궁무진하다
태양이 오르면
달과 별은 내일을 예고한다

하늘이여 하늘이여
그 위에 계실 하느님에게
감사하며 내 삶의 보람을 찾는다.

■
· 86. 2. 『한국문학』에 발표.
· 『한국문학』에는 1연이 다음과 같은 연 구분(일부 내용 포함)으로 발
  표되었다. 참고하기 바란다(편집자—註).

    하늘에는 구름이 뜨고
    새가 날으고
    가이없이 무궁무진하다

    태양이 오르면
    오늘이고
    달과 별은 내일을 예고한다

1) 『한국문학』에는 [하늘 · 2]로 발표.

봉황(鳳凰)이여

날개 길이가 수십 킬로미터, 동체도
엇비슷하게 크고 긴 새가 날고 있다.
그러나 이 봉황은 참새나 제비 같은
그런 형식으로 하늘을 날기를 거부한다.
그런데 요새 우리가 당시선(唐詩選)이나
기타 동양문화의 진짜를 펴 보면 거기에는 지혜와 상상과 꿈
이 한없이 많이 가득차 있는 것이다.
새해를 맞는다. 칠십일년을 맞았다. 아무리 궁하고 안타깝고
괴로워도 부푼 꿈
하나쯤 꾸어 볼 일이다. 달을 정복한
이십세기 후반기의 꿈은 결코 장자의
봉황에 지지 않을 것이다.
날아라 새 봉황이여, 우리들의 영광과 희망과 꿈의 하늘가
를….

고향사념(故鄕思念)

　내 고향은 경남 창원군 진동면. 어린 시절 아홉 살 때 일본으로 떠나서, 지금은 서울 사는 나는 향리 소식이 소연(消然)해 —

　어른 되어 세 번쯤 갔다 왔지만 옛이 안 돌아옴은 절대진리(絶對眞理)니 어찌 할꼬? 생각컨대 칠백 리 밖 향수 뭘로 달래랴 ……

　원(願)하고니 향토당산(鄕土堂山)에 죽어 묻히고파. 바다가 멀찌감치 보일듯 말듯 청명천연(淸明天然)에……

행복

나는 세계에서
제일 행복한 사나이다

아내가 찻집을 경영해서
생활의 걱정이 없고
대학을 다녔으니
배움의 부족도 없고
시인이니
명예욕도 충분하고
이쁜 아내니
여자 생각도 없고
아이가 없으니
뒤를 걱정할 필요도 없고
집도 있으니
얼마나 편안한가
막걸리를 좋아하는데
아내가 다 사주니
무슨 불평이 있겠는가
더구나
하나님을 굳게 믿으니
이 우주에서
가장 강력한 분이
나의 빽이시니
무슨 불행이 온단 말인가!

■
· 87. 5. 『한국문학』에 발표.

장모님

나의 장모님은
우리 부부와 함께 산다
장모님은 만으로 칠십팔 살이다
칠십팔 세인데도 정정하여
밥도 지으시고
세탁도 다 하신다

마흔일곱이었을 때는
당시 이승만독재와 항거하여
투쟁하던 민주당의 군당(郡黨) 부녀부장이었던
장모님이다

언제나 남을 사랑하고
인자한 장모님은
항상 화를 안 내신다

나를 수발하시고
손자를 돌보시고
아까울 것 없이 일하시는
장모님의 장수를 기도하고 있다

■
· 87. 5. 『문학사상』에 발표.

장모님

나는 장모집에서 사는데
장모님은 칠십칠 세이다.
그런데도 하도 건강하셔서
밥도 다 지으시고
빨래도 다 하시고
동네 나들이도 하셔서
중년 여성과 다를 바가 없다.
여고 삼학년인 손녀가 있는데
또 사십구 세인 내 아내가 있는 데도
막무가내로 혼자 다 하신다.
움직여야 오래 산다며
건강하게도 매일을 지내신다.

장모님 아무쪼록 백 살까지 사셔서
저승에서도 같이 지냅시다.

들국화

84년 10월에 들어서
아내가 들국화를 꽃꽂이했다.
참으로 방이 환해졌다
하얀 들국화도 있고
보라색 들국화도 있고
분홍색 들국화도 있다.

가을은 결실의 계절이라고 하는데
우리 방은 향기도 은은하고
화려한 기색이 돈다
왜 이렇게도 좋은가
자연의 오묘함이 찾아들었으니
나는 일심(一心)으로 시 공부를 해야겠다.

■
· 84. 12. 『월간문학』에 발표.

아침

아침은 매우 기분 좋다
오늘은 시작되고
출발은 이제부터다

세수를 하고 나면
내 할 일을 시작하고
나는 책을 더듬는다

오늘은 복이 있을지어다
좋은 하늘에서
즐거운 소식이 있기를

■

· 86. 8. 『월간문학』에 발표.

아이들

나는 55세가 되도록
나는 아이가 하나도 없다
그래서 그런지 아이들을 좋아한다
동네 아이들이 귀여워서
나는 그들 아이들의 친구가 된다.

아이들은 순진하고 정직하다
예수님도 아이가 되지 않으면
천국에 못 간다고 하셨다
나는 아이같이 순진무구하게
지금같이 살았다.

아이들아 아이들아
크면 어른이 되는데
커도 순진하게 살아
내일을 살아다오
그러면 하느님이 돌보시리라.

■

· 85. 11. 『월간문학』에 발표.

비

비가 내린다 비가 내린다
우수를 씹고 있는 나는
돌아가신 분들을 생각한다

비는 슬픔의 강물이다
내 젊은 날의 뉘우침이며
하느님의 보살피심을

친구들의 슬픈 이야기가
새삼스레 생각나누나
교회에 혼자 가서 기도할까나.

폭풍우

내가 스무 살 때
부산에서 충무가는 배 탔는데
거의 다 와서 난데없이 폭풍 만나
간신히 살아남은 회상(回想) 생생.

선체 침몰하듯 뒤흔들리고
손님들의 철석 같은 신음소리 높고
금시 저세상인 줄 알았었다.

하복부 큰 힘 주고
애오라지 마지막이구나 싶은데
선원이 '다 왔다!' '다 왔다!' 외쳐서
아이구 하느님 감사합니다! 기도.

새벽

나는 어쩌다
새벽에 일어난다
어두운 새벽에
나는 오늘을 상상한다

눈을 뜨고
오늘을 생각해도
길(吉)할 것인지 악(惡)할 것인지
미리 즈음질 할 수가 없다

새벽이여 새벽이여
좋은 길로 인도해 주시고
나를 위험에 빠지지 않게 하고
오늘의 복을 빕니다.

■

· 86. 4. 『동서문학』에 발표.

촌놈

나는 의정부시 변두리에 살지만
서울과는 80미터 거리다
그러니 서울과 교통상으로는
별다름이 없지만
바로 근처에 논과 밭이 있으니
나는 촌놈인 것이다
서울에 살면
구백만 명 중의 한 사람이지만
나는 이제 그렇지가 않다.
촌놈은 참으로 행복하다
나는 노래불러야 한다
이 대견한 행복을
어찌 노래부르지 않으리요
하늘이여 하늘이여
나의 노래는 하늘의 것입니다.

성총(聖寵)

주일의 예배 시간에
나는 어린이처럼
눈물겨워집니다.
목사님의 훌륭한 설교와
그리고 또 한 가지
천수백 명의 진지한 신앙동지들의
빛나는 눈동자와
뜨거운 마음과
밝은 얼굴을 보면 볼수록
나같은 어리석은 놈도
어찌 가슴이 타지 않겠습니까?

불타오르는
이 가슴을
나는 고마우시고 슬기로우신
주님의 은혜로운
성총이라고 믿고 싶습니다.

꿈

잠을 자면
꿈을 꿀 때도 있고
안 꿀 때도 있다

꿈을 꾸는 날이면
그 꿈 속에 빠져들고
나는 행복해진다

꿈은 여러 가지다
매일밤같이
꿈은 한사코 다양하다

늙은 나는
아이도 없는 나는
애오라지 꿈에 살고 있다.

집

나는 오십여섯 살이나 된 지금에도
집이라곤 없다
셋방살이다

세상에는 집도 많건만
어찌하여서
내겐 집이 없는가

옛날의 예수님도
집이 없었는데
나는 셋방이라도 있으니
그저 영광이다.

아기 욱진

시화전 관계로 부산에 내려왔다
다정한 친구 정용해씨 집에 머무는데
정용해씨의 손자 욱진에게
그만 미칠 지경으로 반해버렸다.

만 이 년 보름된 욱진은
어른을 공경할 줄 알고
축구도 야구도 할 줄 알고
텔레비 영향인지 못하는 것이 없다.

할머니보고
할아버지 탯지하라고 조르는 아이
나는 그만 반해 버렸다.

부산은 지세가 좋아서
이런 아이가 태어나는가보다.

네 살짜리 은혜

은혜는 우리집에 세 들어 사는
홍씨의 외동딸인데
귀엽고 사랑스런 아이다

네 살인 데도 벌써
'네' 하고 '그래요' 한다

나를 '할아버지' 라고 부르고
내 아내를 고모라고 부른다.

어떻게나 깜찍한지
은혜 앞에서는 거짓말을 못한다.

아빠 엄마 어느 쪽이 좋으냐고 물으면
다 좋다고 대답하고
하하 웃는다.

■

· 86. 10. 『문학사상』에 발표.

예수님 초상

한 이 주일 전까지만 해도
액자에 곱게 들어 있는
예수님 초상이 있었습니다.
그 초상은
아내가 교회의 전도사께
얻었다고 했었습니다.
그 초상을 눈여겨 보면
많은 양떼들 속에서의
예수님이신데
조금 먼 데는 양떼들 투성이고
예수님 오른발 왼발 바로 옆에는
각기 두 마리씩의 양이
엄숙하게, 예수님을
질서있게 영리하게
지키고 있었습니다.
그 네 마리의 양은
양으로 변신한 천사님일 거라고
나는 굳게 믿고 있었는데
무슨 일로
그 초상이 없어졌습니다.
그게 무슨 일이었겠습니까?
그 예수님 초상 없으면
내 생존가치는 없는 거나 같습니다.
아내여! 아내여!

제발 꼭 같은 초상을 구해 달라고
사정사정했댔지만
아무러한 반응이 없으니
나는 지금
한쪽 다리와
한쪽 팔만으로
살고 있는 것 같습니다.

예수님! 예수님!
제발 돌아와 주소서
그렇잖으면 저는
한알의 흙과 같습니다.

■
· 81. 10. 『현대문학』에 발표.

인형

내 방 라디오 위에 섰는
귀염둥이 인형은
국민학교 육학년 조카딸 첫돌에
아내가 사 줬다고 하니
12년 전 태어났다.

조카딸은 집에서 개구쟁이 동생이
인형을 망가지게 할까봐
우리 방에 가지고 와서는
애지중진데
사실은 내가 딸같이 사랑한다.

아름다운 치마 저고리는
아내가 새로 지었고
귀여운 모자는 조카딸 솜씬데
입보다 더 큰 눈 부릅뜨고
조카딸이 곱살스레 빗은 머리털하며……

김종삼(金宗三)씨 가시다

종삼형님 가시다.
그렇게도 친했고
늘 형님 형님으로 부르던
종삼형이 드디어 가시다.

언제나 고전음악을 좋아했고
사랑한 종삼형은
너무나 선량하고 순진하던
우리의 종삼형이 천국에 가셨다.

내가 늘 신세졌고
가르침을 주던 종삼형
참으로 다감하고 다정하던 종삼형
말없던 그 침묵의 사나이
언제 내가 죽어서 다시 만나랴?

■

· 85. 2. 『현대문학』에 발표.

생일 없는 놈

나같은 어리석은 놈에겐
생일잔치가 없었습니다.
오십두 살인 데도
단 한번도 없었고
앞으로도 없을 겁니다.

있기 마련인 잔친데
왜 없었을까요?
간단한 이유입니다.
30년 음력 설날에
이놈이 태어났기 때문입니다.

어버이는 어버이대로
설날 준비와
제사 모실 생각에
온 마음이 팔렸었고,
나는 나대로
생일 생각은 전무(全無)할 수밖에는……

■

· 82. 2. 『현대문학』에 발표.

동네[1]

나 사는 곳.
도봉구 상계1동,
서울의 최북방이고,
변두리의 변두리.

수락산과 도봉산,
양편에 우뚝 솟고,
공기맑고 청명하고,
산위 계곡은 깨끗하기 짝없다.

통틀어 조촐하고,
다방 하나 술집 몇 개
이발소와 잡화점,
이 동네[1] 그저 태평성대.

여긴 서울의 별천지
말하자면 시골 풍경
사람들은 다 순박하고,
자연을 사랑하고 향토(鄕土) 아끼다.

■
· 80. 1. 『월간문학』에 발표.
1) 『월간문학』에는 [동내(洞內)]로 발표.

내일의 노래

어지럽고 어두운 오늘
우리는 그리운다 내일을……
어서 오너라 내일이여 훤히 트이게……

그 내일은 우리들의 것이다.
막지 말아 다오.
우리가 애타게 기다리고 있음을……

스스러움 없이
우리는 내일로 간다.
맞이해 다오 우리들의 환한 모습을……

새 삶

83년을 위하여
이놈도 다소 부지런해져서
다소곳이 사람다워야겠습니다.
81년까지는
어거지였고 철저한 가난뱅이였던
이놈의 새 삶을 위하여
아버님께서는 손짓하셔서
희망의 구름다리 보여주십시오.
'무지개를 반가운 손님'이라고 한
許洧시인처럼
이놈에게도
그런 훌륭함을 주십시오.

82년의 새 삶이여!
이놈의 꿈을 적게나마 이루게 하십시오!

흐름

바다도 흐르고 구름도 흐르고
사람도 흐르고 동물도 흐르고
흐르는 것이 너무 많다.

새는 날고 지저귀는데
흐름의 세계를
흐르면서 보리라

물이 흐르는 것은 당연하지만
위에서 아래로만 흐른다.
하나님! 하나님도 흐르시나요!

■

· 86. 9. 『현대문학』에 발표.

배

강물에 배가 한척 간다.
수월케 수월케 간다.
물은 배를 띄우게 마련이고
바람과 수류(水流)는 가게 마련이다.

강산(江山)은 강(江)이 먼저고
산(山)은 뒤인가 보다
강이 산보다 앞서고
물이 흙보다 중대(重大)한가 보다

배는 사람이 만든 이기(利器)다
이 배는 바로 사람같지 않은가
사람이 제일 아무래도 위인 것이다
나가라 나가라 배여

사랑하는 배여
사람을 위한 배여
강산도 배를 부정(否定)하지 못하니
어찌 강이 배를 업신 여길소냐

■
· 88. 9. 『문학정신』에 발표.

주부후보자들이여

— 그대들은 다 미스 유니버스들

필자는 희원(希願)해서가 아니었어도 말예요.
작년 미스 유니버스 고르는 광경을
텔레비전에서 보지 않을 수 없었어요!
왜 그랬는가 하면은요—
그 시간에 필자는,
어느 예쁘장한 필자 시 애독자와
대화하고 있었기 때문이었어요!

'선생님, 저도 여잔데,
어찌 이런 좋은 광경 아니 볼 수 있겠어요!
끄지 말아 주세요!,
이래서 할 수 없이 보게 됐지요!

지금 이 시를 쓰는 시일은
1989. 1. 9(월요일)
심야 한시 십분경이랍니다.

그 씨인을 다 본 후에
한숨짓는 그 여대생에게
필자는 웃으며 말했지요!
'아가씨! 한숨 짓지 말고
내 말좀 들어요.
아가씨도 싫든 좋든

미스가 아니라
미세스 기어코 됩니다.
그러면,
아가씨도 아니!
신부(新婦), 아니될 수 없죠.
신부가 되면 말예요!
남편에겐 진짜 진짜
미스 유니버스 이상이 될 거예요!

내가 좋아하는 여자

내가 좋아하는 여자의 으뜸은
물론이지만
아내이외일 수는 없습니다.

오십 둘이나 된 아내와
육십살 먹은 남편이니
거의 무능력자이지만

그래도 말입니다.
이 시 쓰는 시간은
89년 5월 4일
오후 다섯시 무렵이지만요—.

이, 삼일 전날 밤에는
뭉클 뭉클
어떻게 요동을 치는지

옆방의 아내를
고함 지르며 불렀으나,
한참 불러도
아내는 쿨쿨 잠자는 모양으로
장모님의
"시끄럽다 —, 잠좀 자자"라는
말씀 때문에

금시 또 미꾸라지가 되는 걸
필자는 어쩌지 못했어요—.

■

· 89. 6. 『문학정신』에 발표.

너무나도 점잖으신 의사님께서
― 입원생활 가운데서

필자가 88년도 5월 17일 퇴원한 그 일 주일 전날쯤에 매일 아침 열시 무렵에 회진오시던 구내과 과장님이 두 간호원과 함께 또 오셔가지고는 필자의 만삭이던 복부를 이리저리 진단하시면서 "일주일만 있으면 깨끗하게 퇴원되겠습니다." 하시는 거였습니다.

그 말씀 듣고 안심해야 할 필자가 되려 과장님의 소매를 붙잡으며 애걸했습니다.

"과장님 그런데 이 배꼽 좀 봐 주세요. 왜 이리 일 센치쯤 배 위에 올라와 있는지, 큰 걱정입니다." 했더니

"아닙니다. 그 배꼽도 차차 배속으로 가라앉아서, 가라앉은 정도가 아니고 드디어는 침대 밑으로까지 빠질 겁니다!" 하시지 않겠어요!

■

· 89. 7. 『현대시학』에 발표.

가족

우리집 가족이라곤
1989년 나와 아내와
장모님과 조카딸 목영진 뿐입니다.

나는 나대로 원고료(原稿料)를 벌고
아내는 찻집 '귀천(歸天)'을 경영하고
조카딸 영진이는 한복제작으로
돈을 벌고

장모님은 나이 팔십인데도
정정 하시고……

하느님이시여!
우리 가족에 복을 내려 주시옵소서!

매일마다 내일

나는 매일 밤마다
내일! 내일하고 마음먹습니다.
내일 안찾는 오늘이 없고
오늘없이 내일이 있지 못합니다.

우리나라는 70년대 때는
80년도에 희망을 걸어왔었는데
81년인 금년엔
90년대의 복지국가를 꿀 겁니까?

우리 민족의 선진국 발전을
모름지기 희구하여 갈망하는데
나는 구세주(救世主)님과 하나님의 축복(祝福)이
배달민족 온 마음에 비추시기를……

책미치광이

내나이 이제 오십한살.
말썽꾸러기 내가
아직 한번도 안했던 자기자랑을
여기 적어 볼까 합니다.
자기자랑은 팔불출이지만
초로의 노인이 된 내가
어찌 불출이 되지 못하겠습니까?

국교 이학년 때부터
나는 일본서 살았는데
어머니는 나를 '책미치광이' 라 불렀습니다.
미치광이라니 천만의 말씀!
읽어서 큰 공부되고
덕볼 뿐만 아니라 재미만점이고
지식과 슬기를 주는 독서가
왜 미치광이란 말입니까!

국교 육년 때 일이었는데
일본에서, 나 살던 곳은
치바켄 타태야마시 호오죠 동네였는데
그 역전 근처에
시립도서관이 있었고,
학교 파하면
나는 반드시 거기 갔었습니다.

다닌 지 칠팔개월 지난 어느날,
아내하고 두 사람뿐인 어른직원이,
목욕하고 온다고 하면서
도서관 지켜달라면서
서적 서가 열쇠를
내게 맡기는 것이었습니다.

그 어른은
시립도서관장이 아니었겠습니까?
그러니까 국교 육년생이
단시간만이라도
시립도서관장 임시대행을
살짝 지냈다는 꼴이 아닙니까?

우스우면 우습고,
맹랑한 시간이었습니다.

나는 행복(幸福)합니다

나는 아주 가난해도
그래도 행복(幸福)합니다.
아내가 돈을 버니까!

늙은이 오십세 살이니
부지런한 게 싫어지고
그저 드러누워서
KBS 제1FM방송의
고전음악을 듣는 것이
최고의 즐거움이오. 그래서 행복.

텔레비전의 희극(喜劇)을 보면
되려 화가 나니
무슨 지랄병(病)이오?

세상은 그저
웃음이래야 하는데
나에겐 내일도 없고
걱정도 없습니다.
예수님은 걱정하지 말라고 했는데
어찌 어기겠어요?

행복은 충족입니다.
나 이상의 충족이 있을까요?

방한화(防寒靴)

81년 11월 19일에
난데없는 대설(大雪)이 내렸습니다.
18센티미터나 쌓였습니다.

이날은
내가 서울시내로 안 나가는 날이라서
의정부시의 변두리
나의 방에서 지냈는데
그래도 집밖의 변소에는 가야했고
곡차(막걸리) 사러 나가기도 했습니다.
같이 마시자고
처남집에도 갔더랬습니다.

18센티미터의 눈은
유감없이 보행(步行)에 곤란했을 텐데
그런데도
나는 태연했습니다.
내게는 방한화가 있어서
아무리 눈속을 걸어도
눈이 신발 안에
안들어가기 때문이었습니다.

비싼 방한화도 아니고
농부들이 더러 신는 그런 신발인데

필자는 겨울엔
반드시 이 방한화를 애용합니다.

가난한 아내가
애써 사준 이 방한화는
겨울에 나의 애용품입니다.

하늘 나그네

수기(水氣)가 얽혀서
구름이다
모이고 모이면
비 뿌린다.

그 구름은 하늘 나그네
정처없이 다니는 김삿갓이기도 하고
나이기도 하다.

창에 비치는 구름
그들은 다 예술가의 소질.
멋있게 살다가 하늘로 하늘로

애처로움없이 유유히 흐르고
안타까움없이 의젓하게 떠다니는
구름은 언제나 여유만만하고,
두려움없는 몸가짐이다.

보아라, 저렇게도 자신있음을!
새들보다 더욱 높으고
하늘나라의 천사인 것을!

■
· 80. 6. 『현대문학』에 발표

구름집

십오 번, 십팔 번 버스 종점
여기 변두리, 나 사는 동내(洞內)
단골 술집이 있는데
아직도 간판이 없는 집이다.

나 혼자 구름집이라 부르는데
막걸리 한잔 들이키면
꼭 구름 위에 있는 것 같아서다.
아주머니, 아주 상냥하고 다닐만한 집

한잔만 하는 내게도
너무나 친절하고 고맙고,
딴 손님들도 만족하는 이 술집
끊을 사이 거의 없는 손님투성이다.

수락산 밑이라 공기 맑고,
변두리라 인심 순박하고
도봉산이 보이는 좋은 경치.
이 집 잘되기를 나는 빌 뿐이다.

■
· 80. 8. 『한국문학』에 발표.

스포오츠

나는 요새 하도 게을러
텔레비전, 라디오 중계로
눈을 쏠 뿐이다.

젊을 때는
서울운동장에 자주 가서,
소리도 지르곤 했는데……

야구가 제일 재밌고
다음은 권투, 배구……
하여간 각종 스포오츠.

이기고 지는 것이
이렇게 명백하니
이 어찌 통쾌하지 않는가

세계가 스포오츠에 갈채하는 것은
승패가 단시간에
결판나기 때문이다.

■
· 80. 11. 『현대문학』에 발표.

초로(初老)

내 나이 51세니 초롭니다.
40대 때는 죽음이 공포더니
이제는 하등 두렵지 않고,
되레 다정한 친구처럼 되었습니다.

전에는 말이 많았는데,
이제는 조용함을 좋게 여기고
잠도 훨씬 덜 자게 되었고
선현의 말씀 따르게 되었다.

모자람 많던 내가
되도록 조심하게 되고,
남을 욕하기 잘 하던 내가
남을 좋게 보려고 애씁니다.

시인 안장현은
〈시인은 50까지 살기가
어렵다〉고 했는데
용케도 50고개 넘었나봅니다.

■

· 81. 2. 『현대문학』에 발표.

연동교회

나는 지금까지 약 30년동안은
명동 천주성당에 다녔는데
그러니까 어엿한 천주교신도인데도
81년부터는
기독교 연동교회로 나갑니다.
주임목사 김형태 목사님도
대단히 훌륭하신 목사님으로
그리고 기독교방송에서
그동안 두번 설교를 하셔서
나는 드디어 그분의 연동교회엘
나갈 것을 결심하고 나갑니다.
교회당 구조도 아주 교회당답고
조용하고 아늑하여 기뻐집니다.
아내는 미리 연동교회였으나
그동안 가톨릭에 구애되어 나 혼자
명동 천주성당에 나갔었으나
그런데 81년부터는 다릅니다.
한번밖에 안 나갔어도 그렇게 좋으니
이제는 연동교회에만 나가겠습니다.
물론 개종은 않고 말입니다.
배신자라는 말 듣기는 아주 싫습니다.

■
· 81. 2. 『현대문학』에 발표.

나의 행복

나는 아주 가난해도
그래도 행복한 편이다.
돈은 아내가 벌고
나는 놀면서 지내니까!

오십세살이니
부지런한 게 딱 싫고
그저 KBS 제 1 FM방송.

이 방송은
거의가 고전음악인데
고전음악광인 나는
그래서 행복의 진짜 맛이다.

막걸리 한되 한병을
매일같이 마누라가 사준다.
한 병을 정오에 사면
6시까지 가니 어찌 탓하랴?

나에겐 내일도 없고
걱정거리랑 없다.
예수님은 걱정하지 말라 하셨는데
어찌 어기겠습니까?

행복은 충족이다.
나 이상의 행복은 없고,
욕망이라고는 없으니
그저 하나님께 감사할 따름입니다.

■

· 82. 11. 『한국문학』에 발표.

나의 자화상

나의 30년이 생년(生年)이고
이제 노인으로 자처한다

양서 읽기를 제일 좋아하고
막걸리와 맥주도 좋아하고

또 어린이를 매우 사랑하고
하얀 여성을 매우 사랑한다

너무나 조용한 것을 즐기고
사람이 너무 많이 모이는 곳은 안 간다

아이를 낳지 못했으니
양자를 한 놈 얻어야 되겠다

■

· 83. 8. 『한국문학』에 발표.

아내

아내는 내대신 돈을 번다
찻집을 하며 내 용돈을 준다
얼마나 고마운 일이냐

오늘도 내일도
나는 아내의 신세를 진다
언제나 나는 갚으랴

아내여 아내여
분투해 다오
나는 정신으로 갚으마

■

· 85. 3. 『한국문학』에 발표.

어머니 생각

어머니는 60년대말에 가셨지만
두고 두고 생각이 난다
이쁘지도 못생기지도 않은
평범한 어머니였다

천석꾼인 아버지에게
시집와서는
남편을 잘 모시고
아이들을 잘 길렀다

내가 오랫동안 기억나는 것은
내가 일곱살 때 봄에
고향에서, 장독대에서
어머니와 정답게 점심 먹은 일이다

어릴 때나 클 때에도
나는 한번도 맞아본 적이 없었다
그렇게도 사랑스러웠던 어머니
이제 언제 만납니까 언제 만납니까

■

· 87. 11. 『문학사상』에 발표.

흙

지표는 흙이 많아서
나무와 야채와 풀을 키운다
이것들은 비료도 없이 자라고
해마다 변함없다

흙이여! 이런 힘 어디서 얻었나?
아마 하나님의 섭리겠지!
그렇잖으면 풀 길 없고
어찌 어떻게 그렇게 되겠는가

아름다운 힘에 넘친 흙이여
오래토록 영원토록
그런 힘을 발휘하여
우리 사람들을 지켜다오

■
· 88. 9. 『문학정신』에 발표.

오월의 신록

내가 일본에서
중학교 1학년 때
학교 신체검사에서
시력이 0.5라는 걸 알았다.

아버지께 이 말씀 드렸더니
"책만 열심히 읽으니
그런 꼴이 되지 않나?
내일부터 해뜰 무렵에 일어나서
교외로 나가서 자전거로
산야의 청록을
열심히 보아라"
나는 다음날부터
아버지 말씀대로 했다.
인구 삼만여의 타태야마시(館山市)는
즉시로 교외였다.

만 1년이 지나서
또 3학년 신체검사에서
나는 내 시력을 0.8로
발전시킬 수 있었습니다.

여러 독자들이여
청록의 고마움을

절감했을 테지요-.

■

· 89. 6. 『월간문학』에 발표.
· 『요놈(p.73)』(답)에는 제목과 내용이 다음과 같이 수록되었다. 전문을 밝
  힌다. 참고하기 바란다(편집자-註).

초록빛

내가 중학교 1학년 때
신체검사를 받았더니
내 시력이 0.5였다.

이것을 아버지에게 말했더니
'언제나 초록빛을 많이 보아라' 였다.
그래서 초록빛을 많이 보았더니

중학교 2학년 때
신체검사에서는
0.8이 되었었다.

초록색은 이렇게도 눈에 좋으니
눈 나쁜 사람들은
모름지기 초록빛을 볼 일이다.

만년약(萬年藥)이라고
장모님께서 말씀하시니!

    춘천의료원에서 기적처럼 되살아난 필자는 의사님들이 시키신대로 집 방에서 절대정양을 지키는 중, 저가 저도 알아듣지 못할 괴성을 아주 조용히 지껄이고 있는 중이었는데, 옆방과의 문이 사르르 열리더니, 장모님이 얼굴 내미시더니 "뭐라고 만년약이라고—" 하시는 것 아닙니까? 그 말씀을 듣자마자 필자는 포복절도하지 않을 재간 있었겠습니까? 만년약이 있어서, 그 약을 복용하면 만년이나 산다고 합시다! 만년이나 살다니! 그게 인생이겠습니까! 삶이겠어요! 유령도 아니고 천사님은 물론 아닐게고! 위선 하나님께서 어쩌지도 못하실 것 아니겠습니까?

    뱃태지를 쥐고 가가대소하니⋯⋯이젠 궁금해지셨는지, 장모님께서는 "만년약이 왜 웃음꺼리냐?" 하시니 이 어리석기 한량없는 사위는 그저 절대정양이고 뭐고 기절할 만큼 웃어제끼니 그제사 옷짓는 작업을 하다 말고 스물한 살짜리 계집애 조카가 할머니 옆에 나타나더니 "아니 뭐가 그리도 우습단 말예요" 하는 것이다. 그래서 살짝이긴 해도 정신 채린 필자 "진아! 진아! 할머니가 만년이나 사신단다 만년이나 말이야!" 하고 필자가 고함지르니 진이도 한다는 소리가 "할머니, 만년이나 살면 나는 어떻카고요!" 하니 필자 정신이 다시 돌아갈 수밖에는요!

■

· 89. 6. 『문학정신』에 발표.

다시금 비원(秘苑)에 와서

89년 4월 9일 일요일.
나는 날 따르는 최일순을 데리고
비원구경을
30년만에 다시 갔다.
그 감개가 자못 용비(龍飛)로우니……
옛날에 비원에 왔을 때
한편의 시 〈비원에서〉를 써서
「한국일보」에 발표한 적이 있었는데……
그 당시의 나의 술집은
명동의 '은성술집' 이었는데
지금의 최불암의 어머니가
몸소 혼자서 경영하던 술집이었오.

그런데 그 아주머니가
그 「한국일보」의 나의 시
〈비원에서〉를 읽으시더니
막걸리 한 사발을
공짜로 주는 것이 아니었겠오!
시 때문에
한 사발 공짜로
얻어먹기는 처음이자
마지막이었오!

다시 오니

비원못이 상상보다 훨씬 적고
사람들이 옛보다
훨씬 점잖고 ―
이래저래, 나는 천하의 풍운아였오.

■

· 89. 6. 『문학정신』에 발표.

김영자여류화백 송(頌)

백송화랑에서
김영자화백의 개인전을 구경하며,
천하의 거렁뱅이인 내가
150만원 주기로 하고,
나는 그중 한점
깨끗이 사다.

천하의 가난뱅이인 내가
무모하게도
이런 가계약을 맺었을까요?

일찍이 나는
박상윤화백 그림을
한점에 호당 10만원에
백만원씩 주기로 계약하고
두 점 산 일이 있는데……
그런 전례(前例)가 있습니다요!

너무나
좋은 그림을 보면
미쳐버리는 것이
제 올씨다.

■
 · 89. 6. 『문학정신』에 발표.

이런 일도 다 있었으니……

— 입원생활 가운데서

서울에서 약 두시간 가량의 거리인 어느 깨끗한 녹지대에 아담스럽게도, 크지도 작지도 않는 바람직한 목장이 있었습니다. 그런데도 불구하고 말예요! 이 목장 주인은 마치 연산군같이 구는 폭군이었어요!

어느날 오전 세계적인 유행이라 자처하시는, 혼다 오토바이를 몰고, 목장 인부들이 잠깐 쉬는 사이에 끼어드시더니, "이 개새끼들아! 그렇게 쉬고 있기만 할 테냐! 이런 일 저런 일이 산떼미 같이 쌓여 있는데 뭣하는 거야! 요 개새끼들아! 그러다간 개새끼도 못되겠다! 요놈의 버러지들아," 하시는 거였어요!

그저 불쌍하기만 한 목동들은 마음속에는 그렇지 않았지만, 하여튼 육체로는 알아들었다는 듯이 일제히 일어나 열심히 일하는 것처럼 흉내내니 그제야말로 이 연산군 폭군은 사라졌습니다.

여러 독자들이여! 놀라지 말 일입니다. 이 목동들이란 다름 아닌 약 한시간 전쯤에 시내에 갔다온 아내가 새로 사온 휴지통이니까요!

■

· 89. 6. 『문학정신』에 발표.

콘크리트 벽

하도 늦어서, 하도 늦어서,
나는 바깥으로 나와,
큰 건물 벽에 기대며 기다린다.

애인이라도 만날 것 같지만
오십의 나이인 나는
기다리는 사람은 마누라.

십일월의 콘크리트벽의
찬기가 얼마나 무서운가를
그제사 나는 깨닫는다.

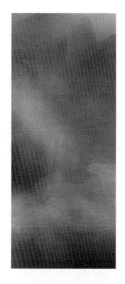

詩 제4부
1990년~1993년

제4부에 묶인 시는 시집 『요놈』(답), 『나』(청)과 시집에 묶이지 않은 작품 중에서 재수록 작품과 이 기간에 쓰여지지 않은 작품으로 밝혀진 것을 제외한 나머지를 시집 간행년도 순으로 싣고 연작 및 동일제목의 작품은 제1부와 같은 기준으로 실었다. 그리고 시집에 묶이지 않은 작품은 맨 뒤에 수록하였다(뒷면 작품목록 참조).

편의상 여기 제4부에 묶인 『요놈』(답)에는 『저승』(일)과의 시집 간행연도 차이를 두고 볼때 딱히 밝혀지지는 않았으나 88, 89년도에 쓰여졌거나 발표된 작품들도 더러 섞여 있을거라는 짐작을 밝혀둔다(밝혀진 작품은 제3부에 실음). 그러나 제3부와 제4부는 편집에 있어 편의상 나누었으므로 작품전체의 흐름에는 지장이 없을 것으로 보았다. 참고하기 바란다.

꽃빛

손바닥 펴
꽃빛아래 놓으니
꽃빛 그늘 앉아 아롱집니다.

몇일전 간
비원에서 본
그 꽃빛생각 절로 납니다.

그 밝음과 그늘이
열렬히 사랑하고 있습니다!
내 손바닥 위에서……

고(故) 박봉우를 추억하며

카페 '귀천' 에 와서
옆에 있는 사진을 보니
박봉우의 사진이 있었다.

살아 생전에
그렇게도 다정다감했던 봉우.
그렇게도 말 잘하던 봉우
생각느니
천국에 갔으리라 믿는다
천국에서 다복을 누리리라…

창에서 새

어느날 일요일이었는데
창에서 참새 한 마리
날아 들어왔다.

이런 부질없는 새가 어디 있을까?
세상을 살다보면 별일도 많다는데
참으로 희귀한 일이다.

한참 천장을 날다가 달아났는데
꼭 나와 같은 어리석은 새다.
사람이 사는 좁은 공간을 날다니.

난 어린애가 좋다

우리 부부에게는 어린이가 없다.
그렇게도 소중한
어린이가 하나도 없다.

그래서 난
동네 어린이들을 좋아하고
사랑한다.
요놈! 요놈하면서
내가 부르면
어린이들은
환갑 나이의 날 보고
요놈! 요놈한다.

어린이들은
보면 볼수록 좋다.
잘 커서 큰일 해다오!

유관순 누님

이화학당의 학생이었으니
내게는 누님이 되오.

누님! 참으로 여자의 몸으로
용감하였소.

일제의 총칼앞에서
되려 죽음을 택하셨으니

온겨레가
한결같이 우러러 보오.

이제는 독립 되었으니
저승에서도 눈을 감으세요.

(91년 3 · 1절에)

내 방(房)

내 방은
녹색(綠色)장판이다.
책이 한 3백50권 되고
또 벽(壁)에 붙인
사진과 그림들이다.

녹색(綠色)은 눈에 참 좋다.
그래서 내 눈도 참 좋다.

내 방은 작지만
그래도 넓어 보이니 어쩌랴?

나는 내 방을 사랑하고
방 또한 날 사랑해 준다.

■
· 91. 4. 『월간문학』에 발표.

봄빛

오늘은 91年 4月 14日이니
봄빛이 한창이다.

뜰의 나무들도
초록색으로 물들었으니
눈에 참 좋다.

어떻게 봄이 오는가?
그건 하느님의 섭리이다.

인생을 즐겁게 할려고
봄이 오고 꽃이 피는 거다.

마음의 날개

내 육신(肉身)에는 날개가 없어도
내 마음에는 날개가 있다.
세계 어디 안가본 데가 없다.
텔레비전은 마음 여행의 길잡이가 되고
상상력(想像力)이 길을 인도한다.
북극(北極)에도 가 보고
남양(南洋)의 오지(奧地)에도 가보았다.
하여튼 내가 안 가본 곳이란
없다.
내 마음엔 날개가 있으니까.

우리집 뜰의 봄

오늘은 91년 4월 25일
뜰에 매화가 한창이다.
라일락도 피고
홍매화도 피었다.

봄 향기가 가득하다.
꽃송이들은
자랑스러운듯
힘차게 피고 있다.

봄기풍(氣風)이 난만하고
천하(天下)를 이룬 것 같다.

백조(白鳥) 두 마리

내게는 백조(白鳥) 두 마리가 있다.
그림이지만 참 좋다.

이유를 밝히면
『시조(時調)와 비평(批評)』이란 잡지의 창간호의
표지에 그려졌는데
표지 전체가 녹색이라서
약간 녹색조(綠色調)는 감출 수 없지만
그래도 백조는 백조다.

나는 이 그림을 참 좋아한다.
두 마리의 백조(白鳥)는 부부(夫婦)처럼 보인다.
너무나 사이가 좋아서 그런지
두 마리가 다 울고 있다.

기쁨에 못이긴 울음이리라.

■
· 91. 4. 『월간문학』에 발표.

요놈 요놈 요놈아!

집을 나서니
여섯살짜리 꼬마가 놀고 있다.

'요놈 요놈 요놈아' 라고 했더니
대답이
'아무것도 안사주면서 뭘' 한다.
그래서 내가
'자 가자
사탕 사줄께' 라고 해서
가게로 가서

사탕을 한봉지
사 줬더니 좋아한다.

내 미래의 주인을
나는 이렇게 좋아한다.

오월의 신록

오월의 신록은 너무 신선하다.
녹색은 눈에도 좋고
상쾌하다.

젊은 날이 새롭다.
육십두살된 나는
그래도 신록이 좋다.
가슴에 활기를 주기 때문이다.

나는 늙었지만
신록은 청춘이다.
청춘의 특권을 마음껏 발휘하라.

오월의 신록

오월은 신록의 달이다.
파란 빛이
온 세상을 덮는 오월은
문자 그대로 신록의 달이다.

파란 빛은 눈에 참 좋다.
눈에 좋을 뿐만 아니라
희망을 속삭여 준다.

오월 달은 그래서
너무 짧은 것 같다.
푸른 오월이여
세계의 오월이여

하느님 말씀 들었나이다

1980년 10월 5일 정오경
나는 종로 2가
안국동 쪽으로 꺾고 있었습니다.
길꺾는 모퉁이에
한그루 가로수가 있었는데,
그 밑을 지나는 순간
하늘에서
나즈막하나,
그래도 또렷한 우리말로
'망상은 안돼!' 하는
말씀이 들리시더니
또 일분 후에
'팔팔까지 살다가, 그리고 더' 라는
말씀이 들렸습니다.

하느님 말씀이 틀림없습니다.
2천년만의 하느님 말씀입니다.

저는 몸둘 바를 모르고
그냥 길바닥에 주저 앉아
한참 명상에 잠길 수밖에 없었습니다.

■

1) 『요놈(p.33)』 (답)에는 [1950년]으로 표기되어 있다. [1980년]으로 바로잡음.

독자들에게

내 독자들은
꽤 많다.

초상화를 보내오는 독자도 있고
선물을 보내오는 독자도 있다.

전화 걸어오는 독자는
너무 많다.

이런 독자들에게
보답할려고

나는 좋은 시(詩)를
끊임없이 써야 하리라!

하늘 • 2

하늘은 가이없다.
무한한 하늘은 끝이 없다.
어디까지가 하늘이냐
도무지 알 수 없다.

구름은 떠가지만
그건 유한한 하늘이고
새는 날으지만 낮은 하늘이고
우리는 그저 하늘을 받들면 그만이다.

태양은 빛을 보내고
달도 빛을 보내지만
우리는 그 빛의 고마움을 모르고
그저 고맙다고만 한다.

장마

7월장마 비오는 세상
다 함께 기 죽은 표정들
아예 새도 날지 않는다.

이런날 회상(回想)은 안성맞춤
옛친구 얼굴 아슴프레 하고
지금에사 그들 뭘 하고 있는가?

뜰에 핀 장미는 빨갛고
지붕밑 제비집은 새끼 세마리
치어다 보며 이것저것 아프게 느낀다.

빗발과 빗발새에 보얗게 아롱지는
젊디 젊은 날의 눈물이요 사랑
이 초로(初老)의 심사(心思) 안타까워라 ―
오늘 못다하면 내일이라고
그런 되풀이, 눈앞 60고개
어이할꺼나
이 초로의 불타는 회한(悔恨) ―

일을 즐겁게

모든 일을
이왕 할 바에야
아주 즐겁게 하자.

일하는데
괴로움을 느끼면
몸에도 나쁘고……

일에 즐거움 느끼면
일의 능률도 오르고
몸에도 아주 좋으니……

그러니
즐거운 마음과
건강한 생각으로 일을 합시다.

어머니

내가 40대때
돌아가신 어머니.

자꾸만 자꾸만 생각납니다.
나이가 60이 됐으니까요!

살아계실 땐 효도(孝道) 한번 못했으니
얼마나 제가 원통하겠어요 어머니!

봄을 위하여

겨울만 되면
나는 언제나
봄을 기다리며 산다.
입춘도 지났으니
이젠 봄기운이 화사하다.

영국의 시인 바이론도
'겨울이 오면
봄이 멀지 않다고' 했는데
내가 어찌 이 말을 잊으랴?

봄이 오면
생기가 돋아나고
기운이 찬다.

봄이여 빨리 오라.

젊음을 다오!

나는 올해 환갑을 지냈으니
젊음을 다오라고
부르짖지 않을 수 없다.

나 자신도 모르게
젊음이 다 가버렸으니
어찌 부르짖지 못하겠는가.

내가 젊어서도
시인이 되겠지만
그러나 너무나 시일이 짧다.

다시 다오 청춘을!
그러면 나는 뛰리라.
마음껏 뛰리라.

초가을

'89년의 초가을은
세계 한민족 체육대회로
막이 오르고

그 폐회식으로
초가을은 갔어요.
우리 겨레가 기다리던 가을이
훌쩍 떠나버린 느낌입니다.

세계의 우리 동포여
아무쪼록
조국을 잊지 말아 주시오.

저물어 가는 가을은 온 겨레의 가슴에
풍성한 열매를 안겨주는
따스한 햇빛이며 행복의 미소입니다.

곡차

나는 무수한 우수한 사람들 아는데
이분들께 감사론 말씀 이는데
다만 묵묵부답이다.

나의 18번(十八番)은
그저 곡차(막걸리) 마시는 것 뿐인데
저녁 6시에 한통 사면
옆의 처남 부르고
몇 시간이고 가니
어찌 술이라 하겠는가?

인생은 소중(所重)하고
고귀(高貴)한 것이니
함부로 헛되게 쓸소냐?
중국의 만만디이(慢慢的)란 말은
일을 서둘지 않고
급하거든 멀리 가라는
인생 탐욕인데
이 탐욕앞에서는
그저 허허 웃음뿐이다.
우리는, 시간을 아껴 쓰는 것 좋고
다 좋지만은
인생을 느끈하게 복되게 사는 것을

무슨 일 하고도
바꾸지 말 일이다.

맥주

나는 지금 육십둘인데
맥주를 하루에 두 병만 마신다.

아침을 먹고
오전 11시에 한 병 마시고
오후 5시에 또 한 병 마신다.

이렇게 마시니
맥주가 맥주가 아니라
음료수나 다름이 없다.

그래도 마실 때는 썩 마음이 좋고
기분이 상쾌해진다.

맥주 • 1

나는 요사이는
맥주 두 병으로 만족한다.
오전 열 시에 한 병 마시고
오후 두 시에 한 병 마신다.

맥주 두 병을
하루에 마시는 것은
건강에도 좋고
기분도 매우 좋다.

나이 육십넷이 되니
이렇게 술주량이 약해졌다
참으로 참으로 다행한 일이다.

맥주 • 2

내가 젊은 때
말하자면 대학생 때
친구와 단둘이서
명동 맥주집에서

맥주를 사십여덟 병이나
한자리에서 마신 적이 있었습니다.
그 덕택으로 만취하여
제대로의 집으로도 가지 못하고

왕십리 시장에서 잤는데
방도 깨끗하고
이부자리도 완전히 깨끗하여
나는 다만 하나님의 은총이라고
굳게 믿게 되었습니다.

아침에 일어나서 그것을 알고
진짜 방주인을 기다리고 있었으나
아무래도 나타나지 않아
할 수 없이 혼자
그 방을 떠날 수밖에 없었습니다.

나이 육십세 살 된 지금에는
하루에 맥주 두 병밖에 안 마시니까
되려 건강이 더 좋아집니다.

맥주송(麥酒頌)

20대, 30대, 45세까지는
소주만 마셔대고
47세 48세 때는
막걸리만 마시고
일체 음식물을 안 먹었더니
59세 말에는
내 배가 임산부처럼 퉁퉁 부어올라,
할 수 없이 친한 친구인
鄭源石 박사가 원장으로 있던
춘천의료원에 입원하여
구사일생으로 살아났었다.
5개월이나 걸려서 ―

살아남은 나는,
술은 일체 안 마시려 하다가,
술꾼이었던 내게,
아내가 슬기롭게도
맥주를 마시라고 하여,
퇴원 후부터는
OB맥주만 하루에 두 병씩
마시고 있다.

맥주(麥酒) 두병주의

나는 오전 11시에 맥주 한병 마시고
오후 5시에 또 한병 마신다.
이렇게 마시니 참 몸에 좋다.

한병씩 마시니
음료수나 다름이 없다.
많이 마시면
병에 걸린다는걸
나는 너무도 잘 안다.

입원까지 하지 않았는가!

나는 앞으로
이 주의(主義)를 지켜 나갈 것이다.

청교도(清教徒)

나는 원체가 천주교도인데
신부라는 이름이
도통 안맞고
그리고 또
인공중절(人工中絶)을 금하다니
마음에 안들어서
내 혼자만의
청교도라고
자부하고 있소.

신부라니
하나님 아버지란 말입니까?
개신교의
목사라는 말이
응당하다고 보아요.

오늘날
세계인구가
이렇게도 팽창하여
온갖 불합리의 원인이 되어 있는데
왜
인공중절(人工中絶)을 금한단 말입니까?

청교도인 천주교도
이것이 나의 신분증입니다.

한가위 날이 온다

가을이 되었으니
한가위날이 멀지 않았소.
추석이 되면
나는 반드시
돌아간 사람들을 그리워 하오.

그렇게도 사랑 깊으시던 외할머니
그렇게도 엄격하시던 아버지
순하디 순하던 어머니
요절한 조카 영준이!
지금 천국에서
기도 하시겠지요.

서양사람들의 나이와 우리들의 나이

서양사람들의 나이는
엄마 뱃속에서 나올 때 부터인데
우리들의 나이는
잉태부터이다.

서양사람들의 나이는
저들이 만들어낸
태교(胎敎)를 괄시하는 말이고
동양사람들의 나이는
태교를 인정하는 말이다.

그러니
서양사람들의 나이는
가짜고
우리들의 나이는
정당한 나이다.

책을 읽자

일본이 경제대국으로
세계를 제패하듯 하고 있는 것은
그 이유를 따지면
그들의 독서력이 그렇게 한 것이다.

일본 사람들은
우리나라의 몇배나 더
독서를 할 것임에 틀림이 없다.

일본사람들의 베스트셀러는
5, 6백만부를 헤아린다.

우리나라 사람들도
책을 가까이 하여
독서를 생활화함으로써
우리도 선진국에 끼이도록 하자!

신부에게

온실에서 갓나온 꽃인양
첫걸음을 내디딘 신부여
처음 바라보는 빛에 눈이 부실 테지요.
세상은
눈부시게 밝은 빛이 있는가 하면
어두운 빛도 있답니다.
또한 기쁜 일도 있을 것이고
슬픈 일도 있답니다.
그러나
세상을 살다보면
쓴맛이 더 많다는 것을
잊어서는 안됩니다.
그렇다고
이 세상은 괴로움만도
또한 아닙니다.

신부님곁에는 함께 살아갈
용감하고 튼튼한 신랑이 있습니다.
서로 위로하고 사랑하고 양보하면은
더 큰 복을 받을 테지요.
신부여,
성실과 진실함이 함께 한다면
두 사람은 누구보다 행복의 승리자가
될 것입니다.

용기와 힘을 합쳐 보세요.
그러면 아름다운 꽃이 필 것이며
튼튼한 열매가 맺어질 것입니다.

12월이란 참말로
잔인(殘忍)한 달이다.

엘리어트란 시인은
4월이 잔인한 달처럼 말했지만
사실은 12월이 가장 잔인한 달이다.

생각해보라.
12월이 없으면
새해가 없지 않는가.

1년을 마감하고
새해가 없다면 어떻게 될 것인가.

우리가 새 기분으로
맞이하는 것은
새해뿐이기 때문이다.

아끼자 모든 것을

모든 걸 아껴 씁시다.
이 지구의 자원이
차차 줄어들고 있어서
인류의 앞날이 어둡습니다.

이젠 석유만 해도
중동(中東)지방에서만
나오고 있는 판국입니다.

모든 국민들이여
아껴 써야만
인류의 장래가 있습니다.

뭐 하나라도
꼭 쓰일 때 쓰고
그렇지 않은 것은
아예 욕심을 버립시다.

■
· 90. 10. 『문학정신』에 발표.

전국의 농민들이시여!

수고하시는
전국의 농민들이시여!
정부에서도
국회에서도
농민들을 위한 대책에
골머리를 앓고 있으니
언젠가는 풀릴 날이 올거라
나도 믿고 있고
여러분들도 그러리라 생각합니다.

사는 일에
쉬운 일은 없습니다.
한가지씩 노력하면서
풀도록 합시다.
천하의 농민들에게
다복한 날이 올 것이라
나는 굳게 믿고 있습니다.

■

· 90. 10. 『문학정신』에 발표.

신세계(新世界)의 아가씨 사원들에게

『공작』의 89년의 86호를 우연히 보면서 읽으면서, 이 61살 먹은 노인은 그저 지난 청춘이 다시 어떻게 좀 안될지 모르겠다고 탄식할 뿐이다.

61살이 되었다는 것은 사실은 주민등록증과 성적무능력증에만 나타난 것 뿐인 줄 알고 느끼면서 애오라지 무기력하게 살고 지내지만, 지금 금방 읽은 '신세계'의 젊은 아가씨 사원들의 청청(靑靑)한 청춘고백통에 이 나의 무기력이 어찌 기력이 될려고 요동하지 못하겠는가 이 말이오!

■

· 90. 10. 『문학정신』에 발표.

고향이야기

내 고향은 세 군데나 된다.
어릴 때 아홉살까지 산
경남 창원군 진동면이 본 고향이고
둘째는 대학 2학년 때까지 보낸
부산시이고
샛째는 도일(渡日)하여 살은
치바켄 타태야마시이다.
그러니 고향이 세 군데나 된다.

본 고향인 진동면은
산수가 아름답고
당산이 있는 수려한 곳이다.
바다에 접해 있어서
나는 일찍부터
해수욕을 했고
영 어릴 때는
당산밑 개울가에서
몸을 씻었었다.

제2고향은
부산시 수정동인데
산중턱이라서
오르는데 힘이 들었다.

제3의 고향인
일본 타태야마시에서는
국민학교 2학년부터
중학교 2학년까지 살았는데
일본에서도 명소(名所)다.
후지산이 멀리 바라 보이고
경치가 아주 좋은 곳이요,
해군 비행장이 있어서
언제나 하늘에는
비행기가 날고 있었다.

최저재산제(最低財産制)를 권합니다

세계평화 위해서도
사회복지 위해서도
필자는 최저재산제 권합니다.

최저임금제 있잖아요?
최저한도의 임금을 말하는데
왜 최저재산제가 있을 수 없어요?
박정희 정권 때
박장군 쿠데타 모의(謀議) 때
여러가지 인쇄물을 담당한
이(李)모라는 실업가가
박정권 성공 후의 비호를 받아
5백억환의 재산을
모았다는 보도에 접하여
나는 아연실색한 일이 있어요!

미국같은 선진국에서는,
부자는 부자대로, 많은 재산을,
대학이나 병원이나,
사회복지시설에,
끊임없이 기부하면서
사회환원을 기어코 한다는데,
우리나라서는 그러지 못해요!

그래서 필자가 말씀드리는 것이
이 최저재산제입니다요!

한 10억원 정도로
사유재산고를 제한하는 것이
앞으로 유익한 자유주의체제가 될 것이며,

이북 동포들의 제국주의(帝國主義)소리도 줄 것이고
일반 노무자들도 큰 혜택을
보리라 생각합니다!

김형(金兄)

나는 일주일에 네 번 다섯 번은
기원(棋院)에 나갑니다.
김형(金兄)은 더 자주 나오는 사람인데
장애자에 속할 것입니다.
등이 약간 굽어져 있으니까요.
그러나, 김형(金兄)은 어찌 그리도
마음씨가 곱고
바둑도 아주 센 급(級)인데
꼭 이기겠다는 생각없이
여유있게 너그럽게 두기만 합니다.

UN이 올해는 '장애자의 해' 라고
못 박았는데
휴머니즘이 드디어 발화(發火)했습니다.
인류가 비로소 눈뜬 것입니다.
하나님께서 잠에서 깨어 났습니다.

언제나 김형(金兄)은 떳떳하고 으젓하니─
되려 내가 장애자 같구나!

아내

아내는
카페를 경영하고 있다.

돈 못 버는
남편 대신에
돈을 버는 것이다.

그렇잖아도
좋은 아내인데
돈도 버는 것이다.

참으로
감사하고
감사하다.

아내

아내의 이름은
목순옥입니다.

내가 마흔세 살 때에
서른다섯 살 아내와
결혼했습니다.

결혼 초에는
아내가 다소
고생스러웠지만

요새는
아내가 카페를 하는 통에
유복하게 살고 있습니다.

아무것도 안 하고
놀고 있는 나를 살리는 것은
물론 아내 때문입니다.

잠모습 아내

처음으로 보는 — 또 퇴원 후 처음 詩作 —

어이없게 어이없게 깊게 짙게
영! 영! 여천사 같구나야!
시간 어이없게 이른 새벽!
8월 19일 2시 15분이니
모름지기 이러리라 짐작 되지만
목순옥(睦順玉) 아내는
다만 혼자서 아주 형편없이 조그만
찻집 귀천을 경영하면서
다달이 이십만원 안팎의 순이익 올려서
충분히 우리 부부와 동거하고 있는
어머니(사실은 장모님)와 조카
스무살짜리 귀엽기 짝없는 목영진
애기 아가씨와
합계 네사람 생활, 보장해 주고
또 다달이 약오만원 가량
다달이 저금하니
우리 네가족 초소시민층(超小市民層)밖에 안돼도
그래도 말입니다!
나는 담배 — 그것도 내 목구멍에
제일 순수한 담배 골라 피울 수 있고요!
술은 춘천의료원 511호실에서
보낸 날수로 따져서 말해요!
1월 20일에서 5월 17일까지니

담배 더러 피우긴 했었지만
그러니 불법(不法)적으로
피우긴 했어도
간호원이나 기분 언짢고 그래서 지금 금연중이고
소설가 이외수(李外秀)씨와 이름잊은 제수씨가 퇴원 때
집에 와서
한달동안 자기들 집에서 머물러 달라고 부부끼리 간청했
지만……
다 무시하고
어머니와 영진이가 있는
의정부시 장암동으로 직귀(直歸)했습니다!
아내야 아내야 잠자는 아내야!
그렇잖니 그렇잖니.

세계에서 제일 작은 카페

내 아내가 경영하는 카페
그 이름은 '귀천(歸天)'이라 하고
앉을 의자가 열다섯 석 밖에 없는
세계에서도
제일 작은 카페

그런데도
하루에 손님이
평균 60여 명이 온다는
너무나 작은 카페

서울 인사동과
관훈동 접촉점에 있는
문화의 찻집이기도 하고
예술의 카페인 '귀천(歸天)'에 복 있으라.

진이

眞이는 내 처조카다.
한 집에서 사니까
眞이가 시집가면 어쩌나 하고
나는 매일 걱정입니다.
내 심부름을 다해주니까요.

홍익대 입시미술강좌에
월요일마다 나가서
미술공부도 하고
다른 날은
한복 짓기에 여념이 없는 眞이.

나보다도 돈을 많이 벌 텐데
날 보고 천원 달라는 眞이
뭇여성들과 조금도 다름이 없습니다.
말이 적은 편이고.
취미생활도 없는 것처럼 보입니다.

앞으로 시집 잘 가서
고모가 하는 〈귀천〉카페에
열심히 들르도록 하여라!

진이

나하고 아내한테서는
아이가 하나 없고
스물 두 살짜리 여조카 진(眞)이가
우리 부부의 딸처럼 되어 있다.

본명은 영진(榮眞)인데
그냥 진(眞)으로 통한다.

대학 입학을 거부하고
주부교실의 한복학원에서
우등상을 탄 후
매일같이
한복제작에 바쁘다.

예쁘고 날씬한 그녀는
연애 같은 건 할 틈도 없이
돈 벌이에만 바쁘다.
우리 부부는
고모와 고모부인데
진(眞)이의 좋은 신랑감 구하는데
심혈(心血)을 다하고 있다.

■

- 91. 1. 『동서문학』에 발표.
- 『동서문학』에는 3연 3, 4행에서 [우등상을 탄후 // 매일같이]로, 4연 3, 4행에서 [돈벌이에만 바쁘다. // 우리 부부는]으로 연 구분.

박상윤 화백(朴相潤畵伯) 개인전
— 첫 개인전 때 나같은 가난뱅이도 두 폭을 샀다

첫개인전인지 아닌지 모르지만
작년의 백송화랑(白松畵廊)에서의
개인전 때
나같은 가난뱅이도
예금을 다 털어서 주고 나머지는 외상으로
두 점을 2백만원에 산

그런 훌륭한
박상윤화백(朴相潤畵伯)이
또 개인전을
현대화랑(現代百貨店)에서
연답니다.

구체화가 1/3이고
추상화가 2/3인
박화백(朴畵伯)의 그림은
아주 멋이 줄줄이 흐릅니다.

곡(哭) 정용해(鄭龍海)

부산의 문화계 인재
정용해 형님이
드디어 타계(他界)했단다.

1986년도에
내가 에덴공원에서
시화전(詩畵展)을 열었을 때
에덴공원 가까이
자기집이 있다고
자기집에 있으라고
강요한 정용해 형님!

그 호의(好意)에 못이겨
그만 일주일간
정용해 형님댁에서 묵었었다.

정용해 형의 손자 욱진이가
어찌나 귀엽고 개구장인지
나는 조금도 심심할 때가 없었었다.

정용해 씨는 이렇게
문화계의 왕초같았던
부산의 명인이었다.

아 이제 갔으니
어찌하랴.
다리가 아픈 나는
장례식에도 못가겠으니
아내를 대신 보낼까 한다.

정용해 형!
저승에서도
거물노릇 하시오.

고목

나는 삼십살 후반기에,
키엘케고올 전문가이자
우수한 평론가인 민병산(閔丙山) 선생님(작고)의
권에 따라서
청주로 여행한 일이 있었습니다.
가서 만났던
민선생님의 친구분들이
어쩌면 그렇게도
다정다감하고 훌륭했을까요?
나는 그 친구분네들의 귀띔으로,
만석꾼의 큰아들이
바로 민선생님인 줄 알았습니다.

청주의 여기 저기 보여 주면서
어느 곳으로 데려 가더니,
낡고 낡은, 영 허물어질 것 같은
나무를 보였습니다.
병산 선생님의 말씀으로는
약 5백년된 나무라고 하더군요!
그렇지만
나는 따로 생각했습니다.
아마 그 이상 되지 않았을까 하고.
나는 복고주의자(復古主義者)입니다.

옛사람들이
오늘사람보다 더 행복했을 거라고요!
옛사람들은
부산에서 서울 오는데
걸어서 왔습니다.
길을 가면서
주막이 있으면, 들러서 한잔하고,
여유만만하게
서울에 닿았을 때
얼마나 기쁘고 행복했겠습니까?
그래서 나는 복고주의자(復古主義者).

그 나무를
이리 저리 돌며, 바라보다가
'5백년'이 바로 이거로구나 하고
감탄 탄복했었습니다.

■
· 90. 10. 『문학정신』에 발표.
· 『문학정신』에는 총 6연으로 발표되었다. 1연 [청주로 여행한 일이
있었습니다. // 가서 만났던] 부분과 2연 [약 5백년된 나무라고 하
더군요! // 그렇지만]이 각각 연으로 구분된 부분이다.

우리집 전화

드디어 우리집에
전화를 놓았다.

89년 10월 15일에
놓았는데
일요일이었는데
의정부시 전화국은
일요일에도 일을
하는 모양이다.

전화번호는
873의 5661인데
의정부 전화라는 걸
알아주기 바라오.

한무숙 여사에게
02를 돌려서
전화를 했더니
한여사도 기뻐해 주더군요!

낮에는
서울 — 인사동의 '귀천' 전화
734의 2828로
통화가 된다는 것을
잊지 말아 주기 바라오.

자연의 은혜
— 서울의 소년소녀들에게

애들아 들어라
이 할아버지의 말을 들어라.

지금은 12월 겨울이지만
이윽고 내일
봄이 온다.

자연은
커다란 문을 열고
자연의 은혜를
활짝 열어줄 것이다.

산이나 들에
꽃이 만발하고
싱싱한 나무가
너희들을 맞이할 것이다.

자연의 은혜는
너무도 넓고 기쁘다.

시골에 가서
그 자연의 은혜를
맛보아라.

추억

세계는 지금 걱정투성이지만
내마음 그런 것 아랑곳없이
과거로만 치닫는다.
아름다운 추억도 있었지
그리고 멋진 일도 한두 번 아니지
그러나 그런 것 지금
기억해도 다 소용이 없네.

하나님은 어찌 생겼을까?

하나님은 어찌 생겼을까?
대우주의 정기가 모여서
되신 분이 아니실까 싶다.

대우주는 넓다.
너무나 크다.

그 큰 우주의 정기가 결합하여
우리 하나님이
되신 것이 아니옵니까?

하나님은 어떻게 탄생했을까?

하나님이 탄생하기 전의 우주는
완전한 무였을 것이다.
그러나 그 무가 결정하여
유가 됐을 것이고
그 처음의 유가 하나님이었을 것이다.

우주에서
제일 처음으로 유가 되신 하나님은
친구가 친구를 찾는다고
대우주의 별과 별을
창조하셨을 것이다.

빛과 천체와 그늘을
창조하신 하나님은
흙으로 인간을 빚으시고
만물을 태어나시게 했을 것이다.

봄·1

봄이 왔다 봄이 왔다
온 강산에 봄이 왔다.

들에는 싱그러운 바람이 불고
산에는 꽃이 피기 시작한다.

우리 집에도 봄이 오고
딴 집에도 봄이 왔다.

봄이 왔다 봄이 왔다
온 강산에 봄이 왔다.

봄 · 2

산하에 봄이 왔다
하늘에도 봄이 왔다.

육체에도 봄이 오고
정신에도 봄이 왔다.

통틀어 다 봄이다.
내 마음은 부풀다.

아버지 무덤에도
봄이 오고

어머니 무덤에도
봄이 왔다.

온 겨울내 기다리던 봄이
큰소리치며 활기차게 왔다.

봄비

봄비가 온다 봄비가 온다.
겨우내 얼어붙었던 땅에
봄비가 온다 봄비가 온다.

따사로운 이 감촉은
하나님이 인간에게
베풀어주시는 큰 은총이다.

봄비는 소리없이 오는 것 같다.
부드럽고 촉촉한 봄비여
온화한 기분으로 맞아도 좋다.

매화꽃

뜰에 매화꽃이 탐스럽게 피었다.
옛날의 시인들이
매화꽃 시를 많이 읊었으니
나도 한 편 쓸까 합니다.

하얀 꽃송이가 하도 매력이 있어
보기만 하여서는 안 되겠기에
매화꽃과 친구가 되고 싶구나!
친구보다
내 마누라로 삼고 싶구나!

지금은 92년 4월 30일인데
봄을 매화꽃 혼자서
만끽하고 있는가 싶구나!

한들한들 바람에 나부끼는 모습이
천사와도 같구나!
오래 꽃피어서 나를 달래다오!

신록이 한창이다

5월에 들어서
우리 집 뜰은
신록이 한창이다.

긴 향나무 짧은 향나무 등
신록이 우거져 있다.

5월은 계절의 왕이라고
하지 않는가!

서울에서 백 미터 떨어진
이곳 의정부시는
수락산 밑이어서
공기가 참으로 좋다.

하물며 신록이니
얼마나 수려한가!

초록빛

나는 초록빛을 참 즐긴다.
언제나 싱싱하고 맑은 색깔이다.

우리 집 뜰은
초록빛으로 가득 차 있다!

내가 겨울을
싫어하는 까닭은,

방문을 닫아야 하기 때문이다.
추워서 열어놓지 못해…

초록빛을 보지 못하고
책도 읽을 수 없기 때문이다.

초롱꽃

이 시를 쓰는 지금은
92년 5월 10일입니다.
방문을 열어놓고
뜰을 보니
초롱꽃이 활짝 피어 있습니다.

초롱꽃의 빛깔은
내 마음에 안 들지만은
그래도 싱싱하게 핀 초롱꽃에
나는 맥주를 한 병 마셨습니다.

우리 집 뜰은 넓진 않지만
가지각색의 나무들이 있습니다.
초롱꽃도 그 한가지입니다.

우리 집 뜰

우리 집 뜰에는
향나무 네 그루, 라일락, 진달래,
앵두나무, 홍도화, 장미, 명사십리,
무궁화, 솔나무, 매화나무 등등
5월의 왕 계절을 자랑하고 있소!

서울시에서 백오십 미터 떨어진 자리.
의정부시지만
서울특별시나 진배없소!

마을버스가 있어서
버스정류장까지 5분 걸려
가면 버스 종점이니
얼마나 좋은 자리랍니까?

우리 집 뜰

서울과 의정부 시가 맞붙은 곳에
자리잡은 이 집은 가난한 집이다
그래도 뜰은 볼 만하다
감나무와
버드나무와
무궁화꽃이 피며
이름도 모를 잡나무가 있다

장모님과
여고 삼 년인 영진과
마누라 그리고 셋방든 홍씨와
합해서 일곱 명이 살고 있는 이 집은
뜰로써 부끄럽지 않다.

언제나 푸르고 녹색인 뜰
맑고 곱고 아담한 뜰
나는 생각나면
이 뜰에서 쉰다
그 포근함이며
깨끗한 공기여

신춘(新春)

1월 1일에 발표되는
신춘문예는
왜 신춘이라고 하는가?

사람들은 겨울에
봄을 생각하면서 사니까
신춘인 것이다.

눈길을 걸을 때도
항상 봄을 생각하며 걸으니
어찌 새로운 봄이 아니겠는가?

■

· 92. 봄호. 『동서문학』에 발표.

겨울 이야기

올 겨울은 따뜻한 겨울이다.
별로 추운 줄 모르겠다.
그래도 눈은 내리고
겨울은 겨울이다.

겨울의 하늘은
차갑게 보인다.

날씨는 별로 춥지 않지만
외투가 필요없지만
싸늘한 공기다.

■
· 92. 봄호. 『동서문학』에 발표.

결혼 20주년

오늘(92년 5월 14일)은
나와 아내의
결혼 20주년이다.

그 동안에
싸움이라곤
단 한번밖에 안 했었다.

세월은 너무 빠르다.
갓 결혼한 것 같은데
벌써 20년이나 지나갔으니!

장모님

장모님을
나는 어머니라 부른다.
내 진짜 어머니는
고향 산소에 있으니
나는 장모님을
어머님이라고 부른다.

장모님은 83세인데
아직도 정정하여
밥도 지으시고
세탁도 하신다.

그래서
아무리 가난한 나도
세탁기를 한 대 사드렸다.

형님에게 가고 싶다

결혼을 한 지가
이미 20년이나 된다.
신혼여행을 부산으로 택했으니
그때 형님을 만났고,
또 시화전을 그 후에
부산에서 열어서
형님을 만난 지가
7, 8년 전이니
어찌 내가
형님 柱炳형님을 잊겠는가!

매우 만나고 싶다.
조카 영일이가 결혼하여
두 손자를 낳았다니
손자도 보고 싶고……

중광(重光) 스님

1988년 때
내가 간경화증을 고치려고
춘천의료원에 입원하고 있었을 당시

어느 날
난데없이
중광 스님이 찾아와서

수인사를 한 다음
중광 스님은
내 베개 밑에 봉투를
넣더니 별 말씀 없이 가버리는
것이었다.

조금 있다가
그 봉투를 살피니
20만원이 들어 있지 않는가!

서정주 선생

내가 다소 모자라는 생각인지 몰라도
선생님은 이미
노벨상을 탔어야 할 분이시다.

선생의 시의 문장의
그 우수초월성은
한국을 넘고 아시아를 넘었다.

그 솔직함과 정직성은
선생 시의 구절구절에 넘쳐나고
그 소리없고 말없는 그 겸손함이여.

담배

담배는 몸에 해롭다고 하는데
그걸 알면서도
나는 끊지 못한다.

시인이 만일 금연한다면
시를 한 편도 쓸 수 없을 것이다.

나는 시를 쓰다가 막히면
우선 담배부터 찾는다.

담배연기는 금시 사라진다.
그런데 그 연기를 보고 있으면
인생의 진리를 알 것만 같다.

모름지기 담배를 피울 일이다.
그러면
인생의 참맛을 알게 될 터이니까!

똘똘이

똘똘이는 우리 집에서
기르는 개 둘 중의 하나다.

또 한 마리는 복실인데
한 살짜리 복실이는
똘똘이가 낳은 개다.

똘똘이가 짖는 것을
나는 한번도 들은 적이 없다.

그만큼 온순하고 점잖은 개다.
말하자면 침묵의 개다.

인간을 평등하게 대하니
도둑이 들어오면
어쩌나 하고 나는 걱정거리다.

성환이의 돌을 축하하며

성환이야 성환아
이제 엄마 아빠의 사랑 속에서
돌날을 맞았구나.

아치방에서 본 너는
참으로 귀여웠다.
앞으로 자라면서 더 건강하여라.

무럭무럭 탈없이 커서
훌륭하고 돈 잘 벌고
뜻있는 인간이 되어라.

시로 쓰는 《김삿갓》론

《김삿갓》을 6권이나 읽고
나는 천하의 명작을 읽어서
감동이 쉬이 갈앉지 않았다.

펄 벅의 《대지》보다 더 훌륭하고
위고의 《레미제라블》보다 좋고
하여튼 한국사람은
다 읽어야 할 책이다.

정비석 씨는 나는 알지만
씨는 나를 잘 모를 것이다.
훌륭한 작가요 인물이다.
반드시 노벨상을 타야 할 작품이다.

꼭 읽어야 할 책

정비석의 《김삿갓》과
이재운 씨의 《토정비결》 두 책은
한국 지식인이면
꼭 읽어야 할 책입니다.

너무나 너무나 재미있고
지식도 많고 교양도 많고
몰랐던 것을 너무나 많이 알려줍니다.

나는 이 책을 읽을 때
담배 피우는 것도
맥주 마시는 것도 잊곤 했습니다.

라디오

라디오는
일본식 발음이고
미국말로는
레디오라고 한다.

나는 레디오를 많이 듣는다.
왜냐하면
나는 고전음악을 좋아하기에
KBS 제1방송
FM방송만을 듣는다.

그러면 고전음악이
하루종일 나온다.
독서할 때만 빼고
다 듣는다.

강태열 시인

강태열 시인처럼
내게 고맙게 해준 시인도 드물다.

우리 내외가
처음 2, 3년은
돈 때문에 무척 고생이 많았다.

그런데
그런 고생중에
난데없이 강태열 시인이

돈 삼백만 원을 빌려주면서
천상병에게 술을 끊이지 말라고
아내에게 당부했다는 것이다.

현명한 아내는
그 돈으로 인사동 가까운 관훈동에
〈귀천〉이라는 카페를 내어
이제는 부유하게 살게 되었다.

그 삼백만 원은 이젠 갚았지만
그 뜻이 얼마나 고마운가!
나는 늘 강태열 시인의 그 고마움을
한시도 잊은 적이 없다.

안장현론

우선 안장현은
마산중학교(육년제)의 동기동창이고
경남출신 부산출신이라는 것도 같고
키가 남보다 훨씬 크고
균형있는 호남아다.

한글전용병에 미쳐서
한글문학회도 만들고
그 회장이다.

접장질을 하는 주제에
《한글문학》이라는 잡지도 내고
시도 잘 쓴다.

인물됨은 과묵하고
쓸데없는 말은 일체 안 하고
친구를 위해선 몸을 바치는 사나이.

주부의 공덕

위선 주부는
혼례식 할 때는
미스 유니버스였다.

신랑이 신부를 고를 때는
세계에서
제일 귀여운 아가씨를
선택하기 때문이다.

그리고 요사이 주부들은
직장을 많이 가지는데
그것은 남편에게
질까 보냐 하는 심정이
크게 작용할 것이다.

아이들의 여왕님이시고
남편에게는
황후인 거룩한 주부의 맵시
천하제일의 자랑거리다.

詩作노트

주부는 물론 결혼을 전제조건으로 한다.
그 결혼을 할 때
못난 신랑은 다소 못나도 아내를 삼는다.
다소 못나도 자기에게는 제일 예쁜 것이다.
이것은 못난 신랑의 경우고,
보통사람이면 죽어라 하고,
미인을 원한다.
그래서 선택된 것이 마누라 아닌가.

복실이 • 1

'복실' 이는
'똘똘' 이라는 우리집 암캐가 낳은
생후 2개월도 안 된 강아지다.

어떻게 영리한지 모른다.
필자가 밥을 먹을 땐
기어코 내 방에 와서는
내가 주는 고기를
맛좋게 먹는 줄 알고 있다.

하얀 개고
생김새도 잘생겼고
그저 내 얼굴에 키스하는 것이
복실이의 장기다.

복실이 • 2

복실이는 우리 집 수캐다.
아홉 달인데도
자기 엄마보다 크다.

어떻게 영리한지
내가 누워 있으면
복실이도 내 옆에서
달라붙어 눕는다.

내가 토요일에
시내로 나갔다가 돌아오면
꼬리를 살살 흔들면서 반긴다.

똘똘이와 복실이

똘똘이는 우리집 개다.
복실이는 똘똘이의 아들인데
제 엄마보다도 크다.
어떻게 영리한지
감탄할 지경이다.
하나님의 은총을 받았는가 보다.

내가 시내에 갔다 오면
반가워서 어쩔 줄 모르고
오줌도 밖에 나가 누고
할 말 없이 영리하다.
똘똘이는 노란 색깔이고
복실이는 하얀 색깔이다.

4월 정의

4월은 잔인한 달이라곤 하지만
4·19를 비롯하여
4월은 불의에 항거하는 달이다.

꽃도 한창이고
사람들은 생기에 차서
하는 일마다 복되다.

또 4월은 사랑의 계절이다.
사랑하는 사람들은
4월을 제일 좋아하니까 말이다.

이른봄

오늘은 입춘대길도 지난
2월 14일이다.
이른 봄이다.
생명의 근원인 봄을 맞이하여
나는 참으로 기쁘다.

생명은 겨울 동안 죽고 있다가
봄에 새 생명을 잉태하는 거다.

새로운 봄이여 생명의 봄이여
빨리 오라 빨리 와서
이 지상의 잔치를 베풀어 다오.

우리집

　우리 집은 방이 세칸밖에 안되는데 한 방은 셋방으로 주고, 두 방만 쓴다. 한 방은 우리 부부의 방이고, 한 방은 장모님과 조카딸 영진의 방이다. 의정부시라지만 서울특별시와 150미터 밖에 안 떨어져 있다. 지금 이 시를 쓰는 89년 9월 12일은 뜰에 녹음이 살며시 한창이다.

　평화롭고 따뜻한 우리집은 공기좋고 인심좋고 말할 나위가 없다.

■

・90. 10. 『문학정신』에 발표.

신체장애자들이여

몸이 비록 불편하여도
하나님은 보살필 대로 보살피신다
꿋꿋한 마음으로
보통사람을 뒤따라라

지지말고 열심히 따르면
누구에게도 지지 않으리라
적은 일도 적은 일이 아니고
큰일도 이루리라

모든 것은 마음에 달렸다
언제나 하나님을 경애하고
앞날을 내다보면서
희망을 품고 살아가다오

■
· 90. 봄. 『외국문학』에 발표.

여덟 살 때의 비적(秘蹟)

내가 여덟 살 때의 일이었습니다.
여덟 살이면 소학교(당시는 그렇게 불렀습니다)
그 소학교에 들어갈 나이인데
면사무소 서기의 잘못으로
내 이름은 빠져버려서
할 일 없이 놀던 때였습니다.

여덟 살 때의 그 무렵이
여름방학 때인데
형님이 면청년들 서넛이
산에 나무하러 간다는 통에
따라나서니
나도 따라 갔었습니다.

나무를 하고
돌아오는 길까지는 좋았는데
돌아오는 길에서
나는 다리를 헛디뎌
굽한 낭떠러지에
굴러 떨어졌었습니다.

굴러떨어지다가
언덕길에
나는 작은

소나무를 잡았었습니다.
대롱대롱 매달려 있는데
산길까지의 거리가
7미터나 됐었다고 하는데…
어떻게 그 소나무가지를 잡았는지?
그리고 동행한 면청년들 서넛이
어떻게 나를
끌어 올렸는지는
영 기억에 없습니다.

다만 비적이라고 밖에는
할 말이 통 없습니다.

■

· 90. 봄. 『외국문학』에 발표.

장마철

어제는 비가 매우 퍼붓더니
오늘은 비가 안 오신다
올해 장마는 지각생이다.

테레비 뉴스를 보면
올 장마에
튼 수해를 입었다는데
나는 외국 소식인가 한다.

장마여 비여 적당히 내리라
그래야 올 농사가
잘 될 것이 아닌가!

■

· 91. 가을. 『세계의 문학』에 발표.

집뜰

우리 집 뜰은 알맞은 크기다
여름인데도 신록이다
녹색이 한창이다.

매화나무도 있고
상록수도 있고
앵두나무도 있고
진달래도 있고
라이락도 있고
여러 가지 식물이다.

보기에 찬 신기하다
녹색이 빛을 내뿜고
큰 솔나무는 하늘을 찌른다.

나는 내 집의 뜰을 사랑한다.
알맞은 크기의 식물들은
딱 알맞게 빛을 낸다.

■
· 91. 가을. 『세계의 문학』에 발표.

노령

나는 이제 노령이기 때문에
온몸이 자유롭지 못하다.

류마티스가 심해서
조금밖에 못 걷는다.

오른쪽 관절염이 심해서
더구나 그렇다.

다 노령이기 때문에
따라오는 병인가 한다.

「다시 젊음을 주십시오」라고
나는 매일같이
하느님께 빌고 있다.

■
· 91. 가을. 『세계의 문학』에 발표.

가을

가을이 온다 가을이 온다
풍요로운 이 가을에
늙어서도 나는
책을 많이 읽어야지……

산마다 낙엽이요
물마다 고요하다.
자연은 큰 수확을 주고
또 하느님 같다.

가을에는 누구에겐가
편지를 써야지!
잘 있다고, 건강하다고
그런 안부편지를 써야지……

■

· 92. 12. 『현대문학』에 발표.

거울

거울에 비추면
내 얼굴이 있고
내 얼굴 근처의 사물들이 있다.
그런데 사실 자체일까?
내 얼굴과
거울에 비친 내 얼굴이
사실로 닮았단 말인가.
닮았을 것이다.
그런데 닮았다는 것은
사실 자체하고는 다르다.
닮는다는 것은
거의 흡사하다는 것이지
그 자체는 아니다.
손을 들어 펴보면
그대로 거울에 비친다.
그러나 사실 자체는 아니다.
나는 자체를 좋아한다
비친다는 것이지
거울을 닮았다는 것을
보일 뿐이 아닌가.

봄바람

봄철이 되어
봄바람이 쏴 분다.
세상이 온통 날라갈 것만 같다.

어쩌면
나는 당신을 사랑한다는 말이,
쉽게스리 풀려 나올 것 같다.

쉽게 말해서
오늘도 내일도 모레도,
봄바람이 한가하게 불었으면 한다.

눈물방울

국민학교 이학년 조카딸이
고모와 장난하다 눈물 글썽인다.

사실은 할머니 집에서 꾸지람하고
손으로 뺨을 때리더란다

이 조카딸의 눈물겨움은
조카딸 커가는 징조이다.

아롱아롱 빛비추는
그 눈물겨움의 영롱함이여

김용기를 회상하며

김용기는
여류작가 한무숙 여사의
둘째 아들로서
나는 대학생 때
한무숙 여사 집에 있었기에
너무나도 잘 안다.
머리가 좋고 영리해서
커서는 의사공부로
미국에 있었는데
어떤날 응급 환자 때문에
밤샘을 하고
자기 방으로 가다가
불의의 교통사고로 죽었다.
참 내게 잘해줘서
나는 그 소식을 듣자
통곡을 했다.

부록

번역시
참고자료
작가연보

숨을 죽여라   ― 외 7편
야기 주키치(八木重吉)

숨을 죽여라
숨소리 죽여라
한 살 아가가 하늘을 본다
아아 하늘을 본다

무한한 하늘의 마음

나여 나여
백조가 되어
명백하게 투명해져서
무한한 하늘을 날다
무한한 하늘의 고운 고운 마음에 흐르자

고향의 산

고향의 산에서 엎드렸을 때
그윽하게도 나의 悔恨은 탔습니다

너무나 아름다운 그 불꽃에
잠깐 나는
지나온 세월의 과실이 용서받은 것처럼 생각되었습니다.

아름다운 것

나 스스로의 속에서도 좋고
나 밖의 세계에서도 좋고
어디선가 〈정말 아름다운 것〉은 없는가
그것이 적이라도 괜찮고
보지 못하는 거라도 좋다
다만 조재한다는 것을 알기만 한다면 --
아 너무나 오래 이걸 쫓는 데 피곤한 마음

마음이여

살며시 빛을 내는 마음
나일지라도 사랑스러운 마음이여
흘러가는 것이여
자 그럼 잘 가거라
〈소용없는 것〉에 반해서 무한정
환상을 쫓아서 무작정
마음씨 비약하여 뛰어가거라

꽃으로 피라

우는 버러지여 꽃으로 피라
땅에 떨어지는
이 가을 햇볕 꽃으로 피라
아아 비밀처럼
이 마음 피라 꽃으로 피라

마음이여

마음이여
그럼 갔다오너라

그렇지만
또 돌아오겠지

역시
여기가 좋긴 하니까

마음이여
그럼 갔다오너라

나뭇잎

이파리여
깊으게 깊으게
겨울해가 사무쳐든다
너도
이파리로 나타날 때까지는
화날 만큼 외로웠겠지

이파리여
이파리로 나타난 오늘
너의 숭엄

그렇지만 잎이여
지금까지는 참 외로웠을 게다.

■

· 야기 주기치(八木重吉 : 1898~1927) : 일본 시단에서 특이한 종교
  시인으로 알려져 있다. 〈나는 궁극적으로 어린아이 같은 시를 쓰고
  싶다. 그것도 50을 넘어서부터〉라는 그나름의 시적 지향과 관계된
  진술에서 우리는 어째서 천상병 시인이 주기치에 관심을 가졌는지
  를 분명하게 깨닫게 된다(『현대문학』 93. 6월호).

참고자료

고 은 「50년대」(청하, 1988)
김성욱 「새의 오뇌 - 천상병의 시」(『시문학』 1972. 8)
김우창 「순결과 객관의 미학」(『창작과 비평』 1972. 봄호)
김재홍 「천상병 시인을 찾아서」(『시와 시학』 1992. 가을호)
　　　 「천상병 귀천」(『현대시학』 1992년 가을호)
　　　 「무소유 또는 자유인의 초상」(『현대문학』 1993. 6)
김 훈 「아름다운 운명」(『괜찮다 괜찮다 다 괜찮다』,
　　　 강천, 1990)
민 영 「천상병을 찾아서」(위책)
이건청 「전쟁과 시와 시인」(『현대시학』 1974. 8)
이양섭 「천상병시연구」(경희대 대학원 석사논문, 1992)
조태일 「민중언어의 발견」(『창작과 비평』 1972. 봄)
최동호 「천상병의 무욕과 새」(『아름다운 이 세상 소풍 끝내는
　　　 날』, 미래사, 1991)
하인두 「우리 시대의 괴짜」(『월간중앙』 1989. 4)
홍기삼 「새로운 가능성의 시」(『세계의 문학』 1979. 9)

· 1930년 1월 29일(양력) 일본 효고 현 嬉路市에서 부 천두용(千斗用)과 모 김
  일선(金一善) 사이의 2남 2녀 중 차남으로 출생. 間山市에서 국민학교를 마
  치고 중학교 2년 재학중 해방을 맞음.

· 1945년 일본에서 귀국, 마산에 정착함.

· 1946년 마산중학 이년에 편입.

· 1949년 마산 중학 5년 재학중 『죽순』에 시 「피리」, 「空想」을 발표.

· 1950년 미국 통역관으로 6개월간 근무.

· 1951년 전시중 부산에서 서울대 상과대학 입학, 송영택, 김재섭 등과 함께 동
  인지 『처녀』誌를 발간.

· 1952년 『문예』誌 1월호에 시 「강물」이 유치환에 의해 1회 추천되었으며,
  5~6월 합본호에 「갈매기」가 모윤숙에 의해 천료되어 추천이 완료됨.

· 1953년 『문예』誌 신춘호 「신세대 사유」란에 「나는 거부하고 저항할 것이다」
  와 11월호에 「寫實의 限界−허윤석 論」이 조연현에 의해 추천완료 되어 본격
  적으로 평론활동을 시작함.

· 1954년 서울대 상과대학 수료.

· 1956년 『현대문학』지에 월평 집필, 이후 외국서를 다수 번역하기도 함.

· 1964년 김현옥 부산시장의 공보비서로 약 2년간 재직.

· 1967년 동백림 사건에 연루되어 체포, 약 6개월간 옥고를 치름.

· 1971년 고문의 후유증과 심한 음주로 인한 영양실조로 거리에서 쓰러짐. 행
  려병자로 서울 시립 정신병원에 입원됨. 그러나 이 사실이 알려지지 않은 채
  행방불명, 사망으로 추정되어 유고시집 『새』가 조광출판사에서 발간됨. 이
  로써 살아 있는 시인의 유고시집이 발간되는 일화를 남기기도 함.

· 1972년 친구 목순복의 누이동생인 목순옥과 김동리 선생의 주례로 결혼.

· 1979년 시집 『주막에서』 (민음사)를 간행.

· 1984년 시집 『천상병은 천상 시인이다』 (오상출판사)를 간행.

· 1985년 천상병 문학선집 『구름 손짓하며는』 (문성당)을 간행.

· 1987년 시집 『저승가는 데도 여비가 든다면』 (일선출판사)을 간행.

· 1988년 만성간경화증으로 춘천의료원에 입원함. 의사로부터 가망이 없다는 진단을 통고받았으나 기적적으로 소생.

· 1989년 3인 시집 『도적놈 셋이서』 (인의)를 간행.

  시선집 『귀천』 (살림)을 간행.

· 1990년 산문집 『괜찮다 괜찮다 다 괜찮다』 (강천)를 간행.

· 1991년 시선집 『아름다운 이 세상 소풍 끝내는 날』 (미래사)을 간행.

  시집 『요놈 요놈 요 이쁜놈!』 (답게)을 간행.

· 1992년 시집 『새』 (답게)의 번각본 간행.

· 1993년 동화집 『나는 할아버지다 요놈들아』 (민음사)를 간행.

· 1993년 4월 28일 오전 11시 20분 의정부 의료원에서 숙환으로 별세.

  유고시집 『나 하늘로 돌아가네』 (청산)가 출간됨.